中國文化史叢書

中國俗文學史

上册

鄭振鐸 著

主編者
王雲五
傅緯平

臺灣商務印書館發行

目錄〔除小說戲曲外〕

上册

中國俗文學史

上册

第一章　何謂『俗文學』

一

何謂『俗文學？』『俗文學』就是通俗的文學，就是民間的文學，也就是大衆的文學。換一句話，所謂俗文學就是不登大雅之堂，不爲學士大夫所重視，而流行於民間，成爲大衆所嗜好，所喜悅的東西。

中國的『俗文學，』包括的範圍很廣。因爲正統的文學的範圍太狹小了，於是『俗文學』的地盤便愈顯其大。差不多除詩與散文之外，凡重要的文體，像小說、戲曲、變文、彈詞之類，都要歸到俗文學」的範圍裏去。

凡不登大雅之堂，凡爲學士大夫所鄙夷，所不屑注意的文體都是「俗文學」。

「俗文學」不僅成了中國文學史主要的成分，且也成了中國文學史的中心。

這話怎樣講呢？

第一、因爲正統的文學的範圍很狹小，——只限於詩和散文。——所以中國文學史的主要的篇頁，便不能不爲被目爲「俗文學」，被目爲「小道」的「俗文學」所佔領。那一國的文學史不是以小說、戲曲和詩歌爲中心的呢？而過去的中國文學史的講述卻大部分爲散文作家們的生平和其作品所佔據。現在對於文學的觀念變更了，對於不登大雅之堂的戲曲、小說、變文、彈詞等等也有了相當的認識了，故這一部分原爲「俗文學」的作品，便不能不引起文學史家的特殊注意了。

第二、因爲正統文學的發展，和「俗文學」的發展是息息相關的。許多的正統文學的文體原都是由「俗文學」升格而來的。像詩經，其中的大部分原來就是民歌。像五言詩原來就是從民間發生的。像漢代的樂府，六朝的新樂府，唐五代的詞，元、明的曲，宋、金的諸宮調，那一個新文體不是從民間發生出來的。

當民間發生了一種新的文體時，學士大夫們其初是完全忽視的，是鄙夷不屑一讀的。但漸漸的，有勇氣的文人學士們採取這種新鮮的新文體作爲自己的創作的型式了，漸漸的這種的新文體得了大多數的文人學士們的支持了。漸漸的這種的新文體升格而成爲王家貴族的東西了。至此，而他們漸漸的遠離了民間，而成爲正統的文學的一體了。

當民間的歌聲漸漸的消歇了時候，而這種民間的歌曲卻成了文人學士們之所有了。所以，在許多今日被目爲正統文學的作品或文體裏，其初有許多原是民間的東西，被升格了的，故我們說，中國文學史的中心是『俗文學』，這話是並不過分的。

二

『俗文學』有好幾個特質，但到了成爲正統文學的一支的時候，那些特質便都漸漸的消滅了；原是活潑潑的東西，但終於衰老了，殭硬了，而成爲軀殼徒存的活屍。

「俗文學」的第一個特質是大衆的。她是出生於民間，爲民衆所寫作，且爲民衆而生存的。她是民衆所嗜好，所喜悅的；她是投合了最大多數的民衆之口味的。故亦謂之平民文學。其內容，不歌頌皇室，不抒寫文人學士們的談窮訴苦的心緒，不講論國制朝章，她所講的是民間的英雄，是民間少男少女的戀情，是民衆所喜聽的故事，是民間的大多數人的心情所寄托的。

她的第二個特質是無名的集體的創作。我們不知道其作家是什麼人。他們是從這一個人傳到那一個人；從這一個地方傳到那一個地方。有的人加進了一點，有的人潤改了一點。我們永遠不會知道其眞正的創作者與其正確的產生的年月的。也許是流傳得很久了；也許是已經經過了無數人的傳述與修改了。到了學士大夫們注意到她的時候，大約已經必是流布得很久，很廣的了。像小說，便是在廟宇在瓦子裏流傳了許久之後，方纔被羅貫中、郭勳、吳承恩他們採用了來作爲創作的嘗試的。

她的第三個特質是口傳的。她從這個人的口裏，傳到那個人的口裏，她不曾被寫了下來。所以，她是流動性的；隨時可以被修正，被改樣。到了她被寫下來的時候，她便成爲有定形的了，便可成爲被擬倣的東西了。像三國志平話，原是流傳了許久，到了元代方纔有了定形；到了羅貫中，方纔被修改爲現在的式樣。像許多彈詞，其寫定下來的時候，離開她開始彈唱的時候都是很久的。所謂某某祕傳，某某祕本，都是這一類性質的東西。

她的第四個特質是新鮮的，但是粗鄙的。她未經過學士大夫們的手所觸動，所以還保持其鮮妍的色彩，但也因爲這所以還是未經雕斲的東西，相當的粗鄙俗氣。有的地方寫得很深刻，但有的地方便不免粗糙，甚至不堪入目。像目連救母變文、舜子至孝變文、伍子胥變文等等都是這一類。

她的第五個特質是其想像力往往是很奔放的，非一般正統文學所能夢見，其作者的氣魄往往是很偉大的，也非一般正統文學的作者所能比肩。但也有其種種的壞處，許多民間的習慣與傳統的觀念，往往是極頑強的黏附於其中。任怎樣也洗刮不掉。所以，有的時候，比之正統文學更要封建的，更要表示民衆的保守性些。又因爲是流傳於民間的，故其內容，或題材，或故事，往往保存了多量的民間故事或民歌的特性；她往往是輾轉鈔襲的。有許多故事是互相模擬的。但至少，較之正統文學，其模擬性是減少得多了。她的模擬是無心的，是被融化了的；不像正統文學的模擬是有意的，是章仿句學的。

她的第六個特質是勇於引進新的東西。凡一切外來的歌調，外來的事物，外來的文體，文人學士們不敢正眼兒窺覷之的，民間的作者們卻往往是最早的便採用了，便容納了牠來。像戲曲的一個體裁，像變文的一種新的組織，像詞曲的引用外來的歌曲，都是由民間的作家們先行採納了來的。甚至，許多新的名辭，民間也最早的知道應用。

以上的幾個特質，我們在下文便可以更詳盡的明白的知道，這裏可以不必多引例證。

我們知道，『俗文學』有她的許多好處，也有許多缺點，更不是像一班人所想像的，『俗文學』是至高無上的東西，無一而非傑作，也不是像另一班人所想像的，『俗文學』是要不得的東西，是一無可取的。

三

中國俗文學的內容，既包羅極廣，其分類是頗爲重要的。就文體上分別之，約有左列的五大類：

第一類，詩歌。這一類包括民歌、民謠、初期的詞曲等等。從詩經中的一部分民歌直到清代的粵風、粵謳、白雪遺音等等。都可以算是這一類裏的東西。其中，包括了許多的民間的規模頗不少的敍事歌曲，像孔雀東南飛以至季布歌、母女鬬口等等。

第二類，小說。所謂『俗文學』裏的小說，是專指『話本』，即以白話寫成的小說而言的；所有的談說因果的幽冥錄，記載瑣事的因話錄等等，所謂『傳奇』，所謂『筆記小說』等等均不包括在內。小說可分爲三類：

一是短篇的，即宋代所謂『小說』，一次或在一日之間可以講說完畢者，淸平山堂話本、京本通俗小說、古今小說、警世通言、醒世恆言以至拍案驚奇、今古奇觀之類均屬之。

二是長篇的，即宋代所謂『講史』，其講述的時間很長決非三五日所能說得盡的。本來祇是講述歷史裏的故事；像三國志、五代史裏的故事，但後來卻擴大而講到英雄的歷險，像西遊記，像水滸傳之類了；最後，且到社會裏人間的日常生活裏去找材料了，像金瓶梅、醒世姻緣傳、紅樓夢、儒林外史等等都是。

三是中篇的；這一類的小說的發展比較的晚。原來像清平山堂話本裏的快嘴李翠蓮記等等都是單行刊出的，但篇幅比較的短。中篇小說的篇幅是至少四回或六回，最多可到二十四回的。大約其册數總是中型本的四册或六册，最多不過八册。像玉嬌梨、平山冷燕、平鬼傳、吳江雪等等都是。其盛行的時代爲明、清之間。

第三類，戲曲。這一類的作品，比之小說，其產量要多得多了。戲曲本來是比小說更複雜，更難寫的一個文體。但很奇怪，在中國，戲曲的出產，竟比小說要多到數十倍。這一類的作品，部門是很複雜的，大別之，可分爲三類：

一是戲文，產生得最早，是受了印度戲曲的影響而產生的，最初有趙貞女蔡二郎及王魁負桂英等。到了明代中葉，崑山腔產生以後，戲文（那時名爲傳奇）更大量的出現於世。直到了清末，還有人在寫作，這一類的戲曲，篇幅大抵較爲冗長。（初期的戲文較短）每本總在二十齣以上，篇幅最巨的，有到二百多齣的。（像乾隆時代的宮庭戲，如勸善金科、蓮花寶筏、鼎峙春秋等）最普通的篇幅是從三十齣到五十齣，約爲二册。

二是雜劇，是受了戲文流行的影響，把『諸宮調』的歌唱變成了舞臺的表演而形成的。其歌唱最爲嚴格，全用北曲來唱，且須主角一人獨唱到底。其篇幅因之較短。在初期，總是以四折組成。（有少數是五折的。）如果五折不足以盡其故事，則析之爲二本或四本五本。但究竟以一本四折者爲最多。到了後期，則所謂雜劇變成了短劇或獨幕劇的別稱，最多數是一本一折的了。（間有少數多到一本九折。）

三是地方戲；這一類的戲曲，範圍廣泛極了；竟有浩如烟海之感。戲文原來也是地方戲，被稱爲永嘉戲文，但後來成爲流行全國的東西。近代的地方戲幾乎每省均有之。爲了交通的不便和各地方言的隔閡，所以地方戲最容易發展。廣東戲是很有名的，紹興戲和四明文戲也盛行於浙省。皮黃戲原來也是由地方戲演變而成的。有所謂徽調、漢調、秦腔等等，都是代表的地方戲，先於皮黃而出現，而爲其祖禰的。

第四類，講唱文學。這個名辭是杜撰的，但實沒有其他更適當的名稱，可以表現這一類文學的特質。這一類的講唱文學在中國的俗文學裏佔了極重要的成分，且也佔了極大的勢力。一般的民衆，未必讀小說，未必時時得見戲曲的演唱，但講演文學卻是時時被當作精神上的主要的食糧的。許許多多的舊式的出賃的讀物，其中，幾全爲講唱文學的作品。這是眞正的像水銀瀉地無孔不入的一種民間的讀物，是眞正的被婦孺老少所深愛看的作品。

這種講唱文學的組織是，以說白（散文）來講述故事，而同時又以唱詞（韻文）來歌唱之的；講與唱互相間雜。使聽衆於享受着音樂和歌唱之外，又格外的能夠明瞭其故事的經過。這種體裁，原來是從印度輸入的。最初流行於廟宇裏，爲僧侶們說法、傳道的工具。後來乃漸漸的出了廟宇而入於『瓦子』（遊藝場）裏。

他們不是戲曲；雖然有說白和歌唱，甚且演唱時有模擬故事中人物的動作的地方，但全部是第三身的講述，並不表演的。（後來竟有模擬戲曲而在臺上表演了，像近來流行的化裝灘簧，化裝宣卷之類。）

他們也不是敍事詩或史詩；雖然帶着極濃厚的敍事詩的性質，但其以散文講述的部分也佔着很重要的地位，決不能成爲純粹的敍事詩。（後來的短篇的唱詞，名爲『子弟書』的，竟把說白的部分完全的除去了，更近於敍事詩的體裁了。）

他們是另成一體的，他們是另有一種的極大魔力足以號召聽衆的。

他們的門類極爲複雜，雖然其性質大抵相同。大別之，可分爲：

一、『變文』；這是講唱文學的祖禰，最早出現於世的。其初是講唱佛教的故事，作爲傳道、說法的工具的，像八相成道經變文、目連變文等等；且其講唱只是限於在廟宇裏的。但後來，漸漸的採取中國的歷史上的故事和傳說中的人物來講唱了；像伍子胥變文、王昭君變文、舜子至孝變文等等；甚至有採用『時事』來講唱的，像西征記變文。

二、『諸宮調』；當『變文』的講唱者離開了廟宇而出現於『瓦子』裏的時候，其講唱宗教的故事者成爲『寶卷』，而講唱非宗教的故事的，便成了『諸宮調』。『諸宮調』的歌唱的調子，比之『變文』複雜得多。是採取了當代流行的曲調來組成其歌唱部分的。其性質和體裁卻和『變文』無甚分別。在『諸宮調』裏，我們有了幾部不朽的名著，像董解元的西廂記諸宮調，無名氏的劉知遠諸宮調。

三、『寶卷』；寶卷是『變文』的嫡系子孫，其歌唱方法和體裁，幾和『變文』無甚區別；不過在其間，也加入了些當代流行的曲調。其講唱的故事也以宗教性質的東西爲主體，像香山寶卷、魚籃觀音寶卷、劉香女寶卷等等。到了後來，也有講唱非宗教的故事的，像梁山伯寶卷、孟姜女寶卷等等。

四、『彈詞』；這是講唱文學裏在今日最有勢力的一支。彈詞是流行於南方的，正像『鼓詞』之流行於北方的一樣。彈詞在福建被稱爲『評話』，在廣東被稱爲『木魚書』，或又作『南詞』，其實是同一的東西。在彈詞裏，有一部分是婦女的文學，出於婦女之手，且爲婦女而寫作的，像天雨花、筆生花、再生緣等等。大部分是用國語文寫成的。但也有純用吳音寫作的，這也佔着一部分的力量，像三笑姻緣、珍珠塔、玉蜻蜓等等。福建的『評話』，以榴花夢爲最流行，且最浩瀚，約有三百多册。

五、『鼓詞』；這是今日在北方諸省最佔勢力的講唱文學。其篇幅大部分都極爲浩瀚，往往在一百册以上；像大明興隆傳、亂柴溝、水滸傳等等都是。其中，也有小型的，但大都以講唱戀愛的故事爲主體的，像蝴蝶盃等。在清代，有所謂『子弟書』的，乃是小型的鼓詞，卻除去道白，專用唱詞，且以唱詠最精彩的故事中的一二段爲主。子弟書有東調、西調之分。東調唱慷慨激昂的故事；西調則爲靡靡之音。

第五類，游戲文章。這是『俗文學』的附庸。原來不是很重要的東西，且其性質也甚爲複雜。大體是以散文寫作的，但也有作『賦』體的。在民間，也佔有相當的勢力。從漢代的王褒僮約到繆蓮仙的文章游戲，幾乎無代無此種文章。像燕子賦茶酒論等是流行於唐代的。像破棕帽歌等，則流行於明代。他們卻都是以韻文組成的；可歸屬在民歌的一類裏面。

四

以上五類的俗文學，其消長或演變的情勢，也有可得而言的。

中國古代的文學，其內容是很簡單的，除了詩歌和散文之外，幾無第三種文體。那時候，沒有小說，沒有戲曲，也沒有所謂講唱文學一類的東西。在散文方面，幾乎全都是廟堂文學，王家貴族的文學，民間的作品全沒有流傳下來。但在詩歌方面，民間的作品卻被詩經保存了不少。在楚辭裏也保存了一小部分。詩經裏的民歌，其範圍是很廣的。從少年男女的戀歌之外，還有牧歌，祭祀歌之類的東西。楚辭裏的大招、招魂和九歌乃是民間實際應用的歌曲吧。

秦、漢以來，詩經的四言體不復流行於世，而楚歌大行於世。劉邦爲不甚讀書，從草莽出身的人物。故一班的初期的貴族們只會唱楚歌、作楚歌，而不會寫什麼古典的東西。不久，在民間，漸漸的有另一種的新詩體在抬頭了；那便是五言詩。其初只表現她自己於民歌民謠裏。但後來，學士大夫們也漸漸的採用到她了；班固的咏史便是很早的可靠的五言的詩篇。建安以後，五言詩始大行於世，成爲六朝以來的重要詩體之一。當漢武帝的時候，曾採趙代之謳入樂。在漢樂府裏。也有很多的民歌存在着。

漢、魏樂府在六朝成古典的東西，而民歌又有新樂府抬起頭來。立刻便爲學士大夫們所採用。六朝的新樂府有三種；一是吳聲歌曲，像子夜歌、讀曲歌；二是西曲歌，像莫愁樂、襄陽樂等，三是橫吹曲辭，（這是北方的歌曲），像企喻歌、隴頭流水歌等。

到了唐代，佛教的勢力更大了，從印度輸入的東西也更多了。於是民間的歌曲有了許多不同的體裁。而文人們也往往以俗語入詩；有的通俗詩人們，像王梵志、寒山們，所寫作的且全爲通俗的教訓詩。

在這時，講唱文學的『變文』被介紹到廟宇裏了；成爲當時最重要的俗文學。且其勢力立刻便很大。

敦煌文庫的被打開，使我們有機會得以讀到許多從來不知道的許多唐代的俗文學的重要作品。

『大曲』在這時成爲廟堂的音樂，在其間，有許多是胡夷之曲。很可惜，我們得不到其歌辭。『詞』在這時候也從民間抬頭了；且這新聲也立刻便爲文人學士們所採用。在其間，也有許多是胡夷之曲。

在宋代，『變文』的名稱消滅了；但其勢力卻益發的大增了；差不多沒有一種新文體不是從『變文』受到若干的影響的。瓦子裏講唱的東西，幾乎多多少少都和『變文』有關係。以『講』爲主體而以『唱』爲輔的，則有『小說』，有『講史』；講唱並重（或更注重在唱的）則有『諸宮調』。

這時，瓦子裏所流行的『俗文學』，其種類實在複雜極了，於『小說』等外，又有『唱賺』，有『雜劇詞』，有『轉踏』等等。（大曲仍流行於世；雜劇詞多以大曲組成之）。印度的戲曲，在這時也被民間所吸引進來了。最初流行於浙江的永嘉，故亦謂之『永嘉雜劇』或戲文。

金、元之際，『雜劇』的一種體裁的戲曲也產生於世；在一百多年間，竟有了許多的偉大的不朽的名著。

南北曲也被文人們所採用。

寶卷，彈詞在這時候也都已出現於世。（楊維楨有四遊記彈詞。最早的寶卷香山寶卷，相傳為南宋時所作）。

明代是小說戲曲最發達的時候。民間的歌曲也更多的被引進到『散曲』裏來。鼓詞第一次在明代出現。寶卷的寫作，盛行一時，被視作宣傳宗教的一種最有效力的工具。

明代的許多文人們，竟有勇氣在搜輯民歌，擬作民歌；像馮夢龍一人便輯着十卷的山歌，若干卷（大約也有十卷左右吧）的掛枝兒。許多的俗文學都在結集着；像宋以來的短篇話本便結集而成爲『三言』。許多的講史都被紛紛的翻刻着，修訂着。且擬作者也極多。

清代是一個反動的時代。古典文學大爲發達。俗文學被重重的壓迫着，幾乎不能抬起頭來。但究竟是不能被壓得倒的。小說戲曲還不斷的有人在寫作。而民歌也有好些人在搜集，在擬作。寶卷、彈詞、鼓詞都大量的不斷的產生出來。俗文學在暗地裏仍是大爲活躍。她是永遠的健生着，永遠的不會被壓倒的。

『五四』運動以來，搜輯各地民歌及其他俗文學之風大盛。他們不再被歧視了。我們得到了無數的新的研究的材料。而研究的工作也正在進行着。

五

在這裏，如果要把俗文學的一切部門都加以講述，是很感覺到困難的。恐怕三四倍於現在的篇幅，也不會說得完。故把最重要的兩個部門，卽小說和戲曲，另成爲專書，而這裏只講述到小說、戲曲以外的俗文學。但也已覺得並不是一件容易的事了。

第一、是材料的不易得到。著者在十五六年來，最注意於關於俗文學的資料的收集。在作品一方面，於戲曲、小說之外，復努力於收羅寶卷、彈詞、鼓詞以及元、明、清的散曲集；對於流行於今日的單刊小册的小唱本，小劇本等等，也曾費了很多的力量去訪集。『一二八』的上海戰事，幾把所有的小唱本、小劇本以及彈詞、鼓詞等燬失一空。四五年來，在北平復獲得了這一類的書籍不少。壯年精力，半殫於此。但究竟還未能臻於豐富之境；不過得十一於千百而已。然同好者漸多。重要的圖書館，也漸已知道注意搜訪此類作品。今所講述的，只能以著者自藏的爲主，而間及其他各公私所藏的重要者。故只能窺豹一斑而已。只是研究的開始，而尙不是結束的時代。

第二、尤爲困難的是，許多的記述，往往都爲第一次所觸手的，可依據的資料太少；特別關於作家的，幾乎非件件要自己去掘發，去發現不可。而數日辛勤的結果，往往未必有所得。卽有所得，也不過寥寥數語而已。惟因評斷和講述多半爲第一次的，故往往也有些比較新鮮的刺激和見解。

第三、有一部分的俗文學，久已散佚，其內容未便懸斷。便影響到一部分的結論的未易得到。但著者在可能的範圍之內，必求其講述的比較的有系統，尤其注意到各種俗文學的文體的演變與其所受的影響。故有許多地方，往往是下着比較大膽的結論。對於這，著者雖然很謹慎，且多半是久蓄未發之話，但也許仍難免有粗率之點。這只是第一次的講述，將來是不怕沒有人來修正的。

對於各種俗文學的文體的講述，大體上都注重於其初期的發展，而於其已成爲文人學士們的東西的時候，則不復置論。一來是省掉許多篇幅，這些篇幅是應該留給一般的中國文學史的；這裏只是講着俗文學的演變而已；當俗文學變成了正統的文學時，這裏便可以不提及了。二來是正統文學的材料，比較的易得。這裏對於許多易得的材料都講述得較少，而對於比較難得的東西，則引例獨多。這對於一般讀者們，也許更爲方便而有用些。

所以，本書對於五言詩只講到東漢初爲止，而建安的一個五言的大時代便不着隻字；對於詞，只提到敦煌發現的一部分，而於溫庭筠以下的花間詞人和南唐二主，南北宋諸大家，均不說起。對於明、清曲，也只注意到民間歌曲，和那一班模擬或採用着民歌的作者們，而對於許多大作家，像陳大聲、王九思等等，均省略了去。——這裏，只有一二個例外，就是對於元代的散曲，敍述各家比較詳盡。這是因爲元曲講述之者尙罕見，有比較詳述的必要。

六

胡適之先生說道：『中國文學史上何嘗沒有代表時代的文學？但我們不應向那「古文傳統史」裏去尋，應該向那旁行斜出的「不肖」文學裏去尋。因爲不肖古人，所以能代表當世。』（白話文學史引子，第四頁）這話是很對的。講述俗文學史的時候，隨時都可以發生同樣的見解。『因爲不肖古人，所以能代表當世。』有三五篇作品，往往是比之千百部的詩集、文集更足以看出時代的精神和社會的生活來的。他們是比之無量數的詩集、文集，更有生命的。我們讀了一部不相干的詩集或文集，往往一無印象，一無所得，在那裏是什麼也沒有，只是白紙印着黑字而已。但許多俗文學的作品，卻總可以給我們些東西。他們產生於大衆之中，爲大衆而寫作，表現着中國過去最大多數的人民的痛苦和呼籲，歡愉和煩悶，戀愛的享受和別離的愁嘆，生活壓迫的反響，以及對於政治黑暗的抗爭;他們表現着另一個社會,另一種人生,另一方面的中國,和正統文學,貴族文學,爲帝王所養活着的許多文人學士們所寫作的東西裏所表現的不同。只有在這裏,纔能看出眞正的中國人民的發展、生活和情緒。中國婦女們的心情,也只有在這裏纔能大膽的、稱心的不僞飾的傾吐着。

這促使我更有決心的去完成這個工作。——這工作雖然我在十五六年前已經在開始準備着。

但這部俗文學史還只是一個發端,且只是很簡略的講述。更有成效的收穫還有待於將來的續作和有同心者的接着努力下去。

我相信,這工作並不浪費。——不僅僅在填補了許多中國文學史的所欠缺的篇頁而已。

第二章　古代的歌謠

一

古代的歌謠，最重要的一個總集，自然是詩經。詩經在很早的時候，便被升格而當做『應用』的格言集或外交辭令的。孔子，相傳的一位詩經的編訂者，便很看重『詩』的應用的價值。

詩，可以興，可以觀，可以羣，可以怨；邇之事父，遠之事君，多識於鳥、獸、草木之名。

這是孔子的話。他又道：

不學詩，無以言。

這可以算是最徹底的『詩』的應用觀了。在實際上，當孔子那時候，「詩」恐怕也確是有實用的東西。我們知道在春秋的時候，諸侯們、大臣們，乃至史家們，每每的引詩以明志，稱詩以斷事，或引詩以臧否人物。見於左傳、國語的關於這一類的記載，異常的多。

吳侵楚，養由基奔命子庚以師繼之。……大敗吳師，獲公子黨。君子以吳爲不弔。詩曰：不弔昊天，亂靡有定。

——左傳襄十三年

癸酉，葬襄公。公薨之月，子產相鄭伯以如晉。……晉侯見鄭伯，有加禮厚其宴好而歸之。乃築諸侯之館。叔向曰：辭之不可以已也如是夫！子產有辭，諸侯賴之。若之何其釋辭也？詩曰：辭之輯矣，民之協矣。辭之繹矣，民之莫矣。其知之矣。

——左傳襄三十一年

詩經在這時候似乎已被蒙上了一層迷障。她的眞實的性質已很難得爲人所看得明白。到了漢代，經學成了仕進之途之一。博士相傳，惟以訓詁章句爲業；對於詩經更是茫然的不知其眞相的爲何。他們以她爲『聖經』之一了，再也不敢去研究其內容，更不敢去討論、去估定其在文學上的價值了。齊、魯、韓三家以及毛詩的一家，全都是爭逐於訓詁之末，像猜謎似的在推測，在解說着『詩』意的。齊詩尤可怪，簡直是以『詩』爲『卜』。

在唐以後，經了朱熹諸人的打破了迷古的訓詁的重障，以直覺來說『詩』，方纔發現了『詩』

的正義的一部了。但還不够膽大，還不敢完全衝破古代的舊解的牢籠。

我們如果以詩經和樂府詩集、花間集、太平樂府、陽春白雪一類的書等類齊觀，我們纔能完全明白詩經的內容並沒有什麼奧妙，並沒有什麼神祕。

在詩經裏，在那三百篇裏，性質是極爲複雜的；自廟堂之作以至里巷小民之歌，無所不有。而里巷之作，所佔的成分尤多。以孔子的論『詩』的眼光看來，他是不會編選這部不朽的『古詩總集』的。『詩』的編定也許曾經過不少人的手。孔子也許只是最後的一個訂定者而已。我們看，詩經以外，古書裏所引的『逸詩』之少，便可以知道『三百篇』的這個數目乃是相當古老的相傳的內容了。

詩經裏『里巷之歌，』近來的一般人只知道注意到『桑間濮上』的戀歌；這一部分的民間戀歌自然不失其爲最晶瑩的珠玉。但尤其重要的還是民間的一些農歌，一些社飲、禱神、收穫的歌。古代的整個農業社會的生活狀態在那裏都活潑潑的被表現出來。

我們現在先講戀歌及其他性質的東西，然後再談到關於農民生活的歌謠。

二

詩經裏的戀歌，描寫少年兒女的戀態最無忌憚，最爲天眞像：

> 彼狡童兮，不與我言兮。維子之故，使我不能餐兮。　彼狡童兮，不與我食兮。維子之故，使我不能息兮。（鄭）

這一篇歌不是說的男的不理會女的了，而女的是那樣的不能餐不能息的在不安着麼？青青子衿寫相思者的悠悠的心念着穿着青衿的人兒，又責備着他：

> 青青子衿，悠悠我心。縱我不往，子寧不嗣音？　青青子佩，悠悠我思。縱我不往，子寧不來？　挑兮達兮，在城闕兮，一日不見，如三月兮。（鄭）

但一到見了他，又是如何的如渴者的赴水。『一日不見，如三月兮』！他們是如何的不能一刻離別！

將仲子是一篇寫着少女的羞怯的戀情；她不是不懷念着戀着她的人，卻又畏着父母、諸兄，畏着人的多言多方的顧忌着。惟恐因了情人的魯莽而爲人所知：

> 將仲子兮，無踰我里，無折我樹杞。豈敢愛之，畏我父母。仲可懷也，父母之言，亦可畏也。　將仲子兮，無踰我牆，無折我樹桑。豈

敢愛之，畏我諸兄。仲可懷也，諸兄之言，亦可畏也。　將仲子兮，無踰我園，無折我樹檀。豈敢愛之，畏人之多言。仲可懷也，人之多言，亦可畏也。(鄭)

陳風裏的『月出皎兮』寫懷人的心境最爲尖新雋逸。那首詩的三節，逐漸的說出三個層次的不同的心境。初是『勞心悄兮』，繼而『勞心慅兮』，終而『勞心慘兮』。後來民歌裏的五更轉便是由此種形式蛻化出來的。

月出皎兮，佼人僚兮。舒窈糾兮，勞心悄兮。　月出皓兮，佼人懰兮。舒懮受兮，勞心慅兮。　月出照兮，佼人燎兮。舒夭紹兮，勞心慘兮。(陳)

終風也是一篇懷人的詩。是那樣的思念着，表面上卻要裝着笑容。雖是有說有笑的，那裏知道心裏卻是『悼』着，懷念着。

終風且暴，顧我則笑。謔浪笑敖，中心是悼。　終風且霾，惠然肯來。莫往莫來，悠悠我思！　終風且曀，不日有曀。寤言不寐，願言則嚏。　曀曀其陰，虺虺其靁。寤言不寐，願言則懷。

晨風也是懷人之作。到林裏山裏去怎麼見不到他呢？是把自己忘了吧？這也是三個階段的心理。終於是『憂心如醉』。

鴥彼晨風，鬱彼北林，未見君子，憂心欽欽。如何如何，忘我實多。 山有苞櫟，隰有六駮，未見君子，憂心靡樂。如何如何，忘我實多。 山有苞棣，隰有樹檖。未見君子，憂心如醉。如何如何，忘我實多。（秦風晨風）

小雅裏的『白華菅兮』，凡八節是懷人詩裏比較最深刻最摯切的了。人是遠去了，自己獨處在室。到處觸物都成了相思的資料。乃至懷疑到『之子無良二三其德』。

白華菅兮，白茅束兮。之子之遠，俾我獨兮。 英英白雲，露彼菅茅。天步艱難，之子不猶。 滮池北流，浸彼稻田，嘯歌傷懷，念彼碩人。 樵彼桑薪，卬烘于煁。維彼碩人，實勞我心。 鼓鐘于宮，聲聞于外。念子懆懆，視我邁邁。 有鶖在梁，有鶴在林。維彼碩人，實勞我心。 鴛鴦在梁，戢其左翼。之子無良，二三其德。 有扁斯石，履之卑兮。之子之遠，俾我疧兮。（小雅）

衞風裏的『氓之蚩蚩』是一篇敍事詩，寫着一大段戀愛的經過；從初戀到別離，到結合，到婚後的生活，到三年後的『士貳其行』，到女子的自怨自艾。和白頭吟很相類。

氓之蚩蚩，抱布貿絲。匪來貿絲，來卽我謀。送子涉淇，至于頓丘。匪我愆期，子無良媒。將子無怒，秋以爲期。 乘彼垝垣，以望復關。不見復關，泣涕漣漣。旣見復關，載笑載言。爾卜爾筮，體無告言，以爾車來，以我賄遷。 桑之未落，其葉沃若。于嗟鳩兮，無食桑葚。于嗟女兮，無與士耽。士之耽兮，猶可說也。女之耽兮，不可說也。 桑之落矣，其黃而隕。自我徂爾，三歲食貧。淇水湯湯，漸車帷裳。女也不爽，士貳其行。士也罔極，二三其德。 三歲爲婦，靡室勞矣。夙興夜寐，靡有朝矣。言旣遂矣，至于暴矣。兄弟不知，咥其笑矣。靜言思之，躬自悼矣。 及爾偕老，老使我怨。淇則有岸，隰則有泮。總角之宴，言笑晏晏。信誓旦旦，不思其反。反是不

思，亦已焉哉！（衞）

要把詩經裏的戀歌一首首的都舉出來，在這裏是不可能的。上面只是舉幾個比較重要的例子而已。

但遠古的戀愛生活在這裏已可以看出多少來。

三

在古代，很早的便有征「役」的制度。人民個個都有當兵服役的義務。常常爲了應兵役而遠遠的離開了家。杜甫、白居易的詩裏對於這事都有很沈痛的描寫。在詩經裏，也有這一類的詩。一個壯丁離別了少婦，執殳而爲王的先驅；一個執役者連夜晚也還不得休息；這情形在「詩」裏寫得悱怨。

小星被解爲「夫人無妬忌之行，惠及賤妾，進御于君」是很可笑的。這明明是一個「肅肅宵征，夙夜在公」的行役者的呼籲；所謂「抱衾與裯」是帶了行囊去「上直」的意思。

嘒彼小星，三五在東。肅肅宵征，夙夜在公，寔命不同。　嘒彼小星，維參與昴。肅肅宵征，抱衾與裯，寔命不猶。

『伯兮朅兮』一首，寫丈夫執了殳爲王的先驅去了，少婦在閨中天天的思念着他，連膏沐也都不施。丈夫走了，她還爲誰而修飾着容顏呢？

伯兮朅兮，邦之桀兮。伯也執殳，爲王前驅。　自伯之東，首如飛蓬。豈無膏沐，誰適爲容？　其雨其雨，杲杲出日。願言思伯，甘心首疾。　焉得諼草？言樹之背。願言思伯，使我心痗。（衛）

君子于役也是思婦懷念其應徵役而去的丈夫的，寫得是那樣的深情悱惻：

君子于役，不知其期，曷至哉！雞棲于塒，日之夕矣，羊牛下來。君子于役，如之何勿思！　君子于役，不日不月，曷其有佸！雞棲于桀，日之夕矣，羊牛下括。君子于役，苟無飢渴？（王）

『君子于役』去了，不知什麼時候纔回來。天已經黑下來了，雞都歸了窩，牛羊也都從牧場裏趕回來了，『君子』還在服役，怎麼能不思念着他呢？也不知道他什麼時候纔回來？他在『于役』時，飢了麼？渴了麼？她是那樣的關心着他！

在詩經裏找到了黃鳥和我行其野二篇是最有趣味的事。這兩篇是同性質的東西。讀了我行其野便更可以明瞭黃鳥說的是什麼事。

黃鳥黃鳥，無集于穀，無啄我粟。此邦之人，不我肯穀。言旋言歸，復我邦族。　黃鳥黃鳥，無集于桑，無啄我粱。此邦之人，不可與明。言旋言歸，復我諸兄。　黃鳥黃鳥，無集于栩，無啄我黍。此邦之人，不可與處。言旋言歸，復我諸父。

我行其野，蔽芾其樗。昏姻之故，言就爾居。爾不我畜，復我邦家。　我行其野，言采其蓫。昏姻之故，言就爾宿。爾不我畜，言歸斯復。　我行其野，言采其葍。不思舊姻，求爾新特。成不以富，亦祇以異。

『昏姻之故，言就爾居』，這不明明的說着『入贅』的事麼？『爾不我畜，復我邦家』和『此邦之人，不我肯穀。言旋言歸，復我邦族』其事實是相同的。贅壻之不爲人所重，古今如一。劉知遠諸宮調寫知遠入贅李家，受盡李氏兄弟的欺辱。他乃慨嘆的說道：

勸人家少年諸子弟，願生生世世休做女壻。

他受不住那苦處，不得不和三娘別離而出走。黃鳥和我行其野寫的還不是這同樣的情緒麼？

四

在周南、召南裏，有幾篇民間的結婚樂曲，和後代的『撒帳詞』等有些相同。關雎裏有『琴瑟友之，』『鐘鼓樂之，』明是結婚時的歌曲。

關關雎鳩，在河之洲。窈窕淑女，君子好逑。參差荇菜，左右流之。窈窕淑女，寤寐求之。求之不得，寤寐思服。悠哉悠哉，輾轉反側。參差荇菜，左右采之。窈窕淑女，琴瑟友之。參差荇菜，左右芼之。窈窕淑女，鐘鼓樂之。

桃夭一首也全是祝頌的話；那三節完全是同一個意義，只是重疊的歌唱着而已。

桃之夭夭，灼灼其華。之子于歸，宜其室家。桃之夭夭，有蕡其實。之子于歸，宜其家室。桃之夭夭，其葉蓁蓁。之子于歸，宜其家人。

摽有梅和鵲巢也是同樣的樂歌。把結婚時的迎入『新人』喻作鳩居鵲巢，是有趣的。

摽有梅，其實七兮。求我庶士，迨其吉兮。摽有梅，其實三兮。求我庶士，迨其今兮。摽有梅，頃筐塈之。求我庶士，迨其謂之。

維鵲有巢，維鳩居之。之子于歸，百兩御之。維鵲有巢，維鳩方之。之子于歸，百兩將之。維鵲有巢，維鳩盈之。之子于歸，百兩成之。

秦風裏的無衣，可以看出這個秦民族的尙武精神。人民們是兄弟似的衣袍相共，『修我戈矛』，爲國而共同作戰。

豈曰無衣，與子同袍。王于興師，脩我戈矛，與子同仇。豈曰無衣，與子同澤。王于興師，脩我矛戟，與子偕作。豈曰無衣，與子同裳。王于興師，脩我甲兵，與子偕行。（秦）

魏風裏的伐檀是詩經裏很罕見的一篇諷刺詩。這不是凡伯的詩，這不是寺人孟子的詩，這是老百姓們的譏刺着『君子』——貴族們——的詩。那些貴族們不稼不穡，卻取着『禾三百廛』；不狩不獵，而看着他們的庭上卻懸着貆，懸着特，懸着鶉。這些東西從那裏來的呢？還不是從老百姓那裏徵來的，奪來的！

坎坎伐檀兮，寘之河之干兮，河水清且漣猗。不稼不穡，胡取禾三百廛兮？不狩不獵。胡瞻爾庭有縣貆兮？彼君子兮。不素餐兮！

坎坎伐輻兮寘之河之側兮，河水清且直猗。不稼不穡，胡取禾三百億兮。不狩不獵，胡瞻爾庭有縣特兮？彼君子兮，不素食兮！

坎坎伐輪兮寘之河之漘兮，河水清且淪猗。不稼不穡，胡取禾三百囷兮？不狩不獵，胡瞻爾庭有縣鶉兮？彼君子兮，不素飧兮。（魏）

『彼君子兮，不素餐兮』，罵的是如何的蘊蓄而刻毒！

五

在詩經裏，有許多描寫農民生活的歌謠。這些歌謠，最足以使我們注意。他們把古代的農業社會的面目，和農民們的歡愉愁苦和怨恨全都表白出來，而且表白得那末漂亮，那末深刻，那末生動活潑；彷彿兩千數百年前的勞苦的農家的景象就浮現在此刻的我們的面前。這是最可珍貴的史料，同時也是不朽的名作。像詩經裏的戀歌，在後代還不難找到同類的甚至更美好的作品；但像這一類的詩篇，在後代卻幾乎絕迹不見了。農民們受到更重更深的壓迫和負擔，竟連嘆息和呼籲的時間或機會都沒有。等到他們站在死亡線上，前面只有死路一條的時候，便不能不「揭竿而起」了。而在這早期的農業社會裏，他們至少卻還能嘆息着呼籲着，訴着自己的被剝削，被掠奪的苦悶。

我們看七月這一篇詩寫農人們的辛勤的生活是如何的詳盡而逼眞：

七月流火，九月授衣。一之日觱發，二之日栗烈，無衣無褐，何以卒歲，三之日于耜，四之日舉趾。同我婦子，饁彼南畝，田畯至喜。

七月流火，九月授衣。春日載陽，有鳴倉庚。女執懿筐，遵彼微行。爰求柔桑，春日遲遲。采蘩祁祁，女心傷悲，殆及公子同歸。

七月流火，八月萑葦，蠶月條桑，取彼斧斨，以伐遠揚，猗彼女桑。七月鳴鵙，八月載績。載玄載黃，我朱孔陽，爲公子裳。

四月秀葽，五月鳴蜩。八月其穫，十月隕蘀。一之日于貉，取彼狐狸，爲公子裘，二之日其同，載纘武功，言私其豵，獻豜于公。

五月斯螽動股，六月莎雞振羽，七月在野，八月在宇，九月在戶，十月蟋蟀，入我牀下，穹窒熏鼠，塞向墐戶。嗟我婦子，曰爲改歲，入此室處。

六月食鬱及薁，七月亨葵及菽，八月剝棗，十月穫稻。爲此春酒，以介眉壽。七月食瓜，八月斷壺，九月叔苴，采荼薪樗，食我農夫。

九月築場圃，十月納禾稼。黍稷重穋，禾麻菽麥。嗟我農夫，我稼既同，上入執宮功，晝爾于茅，宵爾索綯，亟其乘屋，其始播百穀。

二之日鑿冰沖沖，三之日納于凌陰，四之日其蚤，獻羔祭韭。九月肅霜，十月滌場，朋酒斯饗，曰殺羔羊。躋彼公堂，稱彼兕觥，萬壽無疆。

卻也處處流露出不平之鳴。『無衣無褐，何以卒歲』？然而卻要採桑績絲『爲公子裳』，卻要『取彼狐狸，爲公子裘』，卻要『獻豜于公』。好容易到了十月，農事已畢，方纔『朋酒斯饗』，安逸幾時。

畟畟良耜，俶載南畝。播厥百穀，實函斯活。或來瞻女，載筐及筥。其饟伊黍，其笠伊糾，其鎛斯趙，以薅荼蓼。荼蓼朽止，黍稷茂止。穫之挃挃，積之栗栗。其崇如墉，其比如櫛。以開百室，百室盈止。婦子寧止，殺時犉牡，有捄其角。以似以續，續古之人。

這一篇良耜從播百穀，寫到耕耘，寫到收穫。是那樣的豐收，積粟竟至『其崇如墉，其比如櫛。以開百室，百室盈止』。於是全家『殺時犉牡』，很歡樂的結束了一歲的辛勤。大田所寫的和良耜相同，而比較的更爲詳盡。

大田多稼，既種既戒，既備乃事。以我覃耜，俶載南畝，播厥百穀。既庭且碩，曾孫是若。　既方既皁，既堅既好，不稂不莠。去其螟螣，及其蟊賊，無害我田穉。田祖有神，秉畀炎火。　有渰萋萋，興雨祈祈。雨我公田，遂及我私。彼有不穫穉，此有不斂穧。彼有遺秉，此有滯穗，伊寡婦之利。　曾孫來止，以其婦子，饁彼南畝，田畯至喜。來方禋祀，以其騂黑，與其黍稷，以享以祀，以介景福。

所謂『彼有不穫穉，此有不斂穧，彼有遺秉，此有滯穗，伊寡婦之利』，是說，在那時，當收穫的時候，凡田裏有遺下的秉、穗，都歸寡婦之所有。

甫田也是同性質的東西。

倬彼甫田，歲取十千。我取其陳，食我農人。自古有年，今適南畝。或耘或耔，黍稷薿薿。攸介攸止，烝我髦士。 以我齊明，與我犧羊，以社以方。我田既臧，農夫之慶。琴瑟擊鼓，以御田祖，以祈甘雨，以介我稷黍，以穀我士女。 曾孫來止，以其婦子，饁彼南畝，田畯至喜。攘其左右，嘗其旨否。禾易長畝，終善且有。曾孫不怒，農夫克敏。 曾孫之稼，如茨如梁。曾孫之庾，如坻如京。乃求千斯倉，乃求萬斯箱。黍稷稻粱，農夫之慶。報以介福，萬壽無疆。（小雅）

豐年一篇寫得最簡單；說的是豐收之後，將餘穀來「爲酒爲醴，烝畀祖妣」。

豐年多黍多稌，亦有高廩，萬億及秭。爲酒爲醴，烝畀祖妣，以洽百禮，降福孔皆。

行葦和既醉都是描寫宴飲的情形的；或是鄉間社飲時所奏的樂歌吧，故多善禱善頌的話。行葦一篇寫宴飲的次第，寫「既燕而射」的投壺的情形，甚爲生動。而既醉則不過是禱頌之祝語而已。

敦彼行葦，牛羊勿踐履。方苞方體，維葉泥泥。 戚戚兄弟，莫遠具爾。或肆之筵，或授之几。 肆筵設席，授几有緝御。或獻或酢，洗爵奠斝。 醓醢以薦，或燔或炙。嘉殽脾臄，或歌或咢。 敦弓既堅，四鍭既鈞。舍矢既均，序賓以賢。 敦弓既句，既挾四鍭。四鍭如樹，序賓以不侮。 曾孫維主，酒醴維醹。酌以大斗，以祈黃耇。 黃耇台背，以引以翼。壽考維祺，以介景福。

既醉以酒，既飽以德。君子萬年，介爾景福。 既醉以酒，爾殽既將。君子萬年，介爾昭明。 昭明有融，高朗令終。令終有俶，公尸嘉告。其告維何？籩豆靜嘉。朋友攸攝，攝以威儀。威儀孔時，君子有孝子。孝子不匱，永錫爾類。其類維何？室家之壼。君子萬年，永錫祚胤。其胤維何？天被爾祿。君子萬年，景命有僕。其僕維何？釐爾女士。釐爾女士，從以孫子。

伐木也是寫『朋酒斯饗』的情形的。『坎坎鼓我，蹲蹲舞我』，農餘之暇，宴飲的時候，他們是知道怎樣的愉樂自己以舒一歲的積勞的。

伐木丁丁，鳥鳴嚶嚶。出自幽谷，遷于喬木。嚶其鳴矣，求其友聲。相彼鳥矣，猶求友聲。矧伊人矣，不求友生！神之聽之，終和且平。伐木許許，釃酒有藇。既有肥羜，以速諸父。寧適不來？微我弗顧？於粲洒埽，陳饋八簋。既有肥牡，以速諸舅。寧適不來？微我有咎？伐木于阪，釃酒有衍。籩豆有踐，兄弟無遠。民之失德，乾餱以愆。有酒湑我，無酒酤我。坎坎鼓我，蹲蹲舞我。迨我暇矣，飲此湑矣。（小雅）

最後，還要一提無羊。無羊是一篇最漂亮的牧歌。『爾羊來思，其角濈濈，爾牛來思，其耳濕濕』那活潑生動的形容在後人的詩裏還不曾見到過。『麾之以肱，畢來既升』的一段正好作『日之夕矣，牛羊下來』的那一句話的形容。

誰謂爾無羊？三百維羣。誰謂爾無牛，九十其犉。爾羊來思，其角濈濈，爾牛來思，其耳濕濕。或降于阿，或飲于池，或寢或訛。爾牧來思，何蓑何笠，或負其餱。三十維物，爾牲則具。爾牧來思，以薪以蒸，以雌以雄。爾羊來思，矜矜兢兢，不騫不崩。麾之以肱，畢來既升。牧人乃夢，衆維魚矣，旐維旟矣，大人占之。衆維魚矣，實維豐年。旐維旟矣，室家溱溱。（小雅）

六

楚辭裏也有許多民歌性質的東西。楚人善謳。楚歌在秦、漢間是最流行的一種歌聲。不僅項羽，就是劉邦和他的宮庭中人，對於楚歌也是極愛好的。屈原、宋玉之作，其受到民歌的影響是當然的。

在楚辭裏最可注意的是九歌和大招、招魂。

九歌大部分是迎神送神和祝神的樂曲。朱熹說：

昔楚南郢之邑，沅、湘之間，其俗信鬼而好祀。其祀必使巫覡作樂，歌舞以娛神。蠻荆陋俗。詞既鄙俚；而其陰陽人鬼之間，又或不能無褻慢淫荒之雜。原既放逐，見而感之，故頗爲更定其詞，去其泰甚。

是朱氏承認九歌原爲湘、沅之間祀神的樂歌，屈原僅『更定其詞，去其泰甚』而已。

九歌凡十一篇；『吉日兮辰良』的東皇太一疑是迎神之曲，恰好和禮魂的送神曲：『成禮兮會鼓之長無絕兮終古』相終始的。不過屈原改作的成分太多了，已看不出民歌的原來的渾樸的氣質。

招魂相傳爲宋玉作。朱熹說：『古者人死，則使人以其上服，升屋履危，北面而號曰：皐某復！遂以其衣三招之。乃下以覆尸，此禮所謂復也。荆、楚之俗，乃或以是施之生人。故宋玉哀閔屈原無罪放逐，恐其魂魄離散而不復還。遂因國俗，托帝命，假巫語以招之』。我們看招魂的語氣，確是招生魂之作。其描寫的層次，完全具有宗教儀式上的必要的共同的條件。後代的迎親曲以至僧徒的『燄口』，放生咒等等，其結構都和此有些相同。故招魂之受有民歌極大的影響是無疑的，或竟是改作的『招魂曲』，爲民間實際上應用的東西吧。

大招不知何人所作。『或曰屈原，或曰景差』。其性質和招魂完全相同；也恐是民間實際上應用的『招魂曲』。不過是招魂的異本或流行於另一個地域的『招魂曲』而已。

現在把這兩篇『招魂曲』的內容列一表於下：

	招魂	大招
序曲	1.『朕幼清以廉潔兮』以下爲離去的魂的自白。 2.『帝告巫陽曰』以下爲帝命巫陽去招魂。	『魂魄歸徠，無遠遙只。魂乎歸徠，無東無西無南無北只』。

向東方招魂	東方有『長人千仞，惟魂是索』又有『十日代出，流金鑠石』。魂其歸來，東方是『不可以托』的。	東有大海。『魂乎無東，湯谷寂寥只』。
向南方招魂	南方有吃人的蠻族，有吞人的蝮蛇，封狐。魂其歸來，南方『不可以久淫』。	南有炎火千里。蝮蛇虎豹極多。『魂乎無南，蜮傷躬只』。
向西方招魂	西方有流沙千里，五穀不生，又無所得水。魂其歸來。	西有流沙，又有豕頭縱目之物。『魂乎無西，多害傷只』。
向北方招魂	北方有『增冰峨峨，飛雪千里』，魂其歸來，『不可以久』。	北有寒山，代水深不可測。『魂乎無往，盈北極只』。
向天上招魂	天上有害人的虎豹，有豺狼，有九首的人。魂其歸來。否則恐危其身。	
向幽都招魂	下方幽都有可怕的吃人的土伯。魂其歸來。否則『恐自遺災』。	
以上敍魂的離去之危苦；下文敍魂的歸來之樂。		
反故居之樂1.	衣服之舒暖	飲食之美

反故居之樂2.	宮室之華美，淑女之媚態。	女樂之歡
反故居之樂3.	飲食之美	宮室之麗
反故居之樂4.	女樂之歡	功業之盛
終曲（亂曰：）	『魂兮歸來哀江南』。	

其內容雖略有不同，而結構卻是完全相同的。（大招不向天上及幽都招魂，恐亦係地域的信仰關係）。先示之以各方的恐怖，都不可去，繼乃力闡歸來有無窮之樂。這完全是招生魂的話。故他們當是病危時所應用的巫師的樂曲。朱熹的解說，很是合理。在其間，我們不僅可以明白古代招魂的宗教儀式，且也可以明白秦、漢以前我們南方民族對於東西南北及上下各方的想像的描狀；較山海經簡單而更近於眞相些。所謂千仞的長人，九首的人，所謂土伯，所謂豕頭縱目之人，都是很有趣的最早的神話的資料。

七

詩經以外的古代歌謠，實在沒有多少。逸『詩』經後人的辛勤的搜輯，可靠的不過薄薄的一卷而已。（詩經拾遺一卷，清、郝懿行編，有郝氏遺書本）且也無甚重要者。此外，古代各書所引的民間歌謠，大半也都不過是零句片語，不能成篇，且多半是一種諺語或格言，不足重視。姑引可靠的幾部古書裏所載的這一類諺語十幾則，以見一斑。

孟子所引諺語，像公孫丑篇：

> 齊人有言曰：雖有智慧，不如乘勢；雖有鎡基，不如待時。

又離婁篇上：

> 滄浪之水清兮，可以濯我纓；滄浪之水濁兮，可以濯我足。

都是格言式的東西。

左傳裏引『諺』最多，這裏也只能舉其數則。

> 狐裘龍茸，一國三公，吾誰適從？

> 輔車相依，脣亡齒寒。
> ——春秋左氏僖五年傳

原田每每，舍其舊而新是謀。

——春秋左氏僖二十八年傳

取我衣冠而褚之，取我田疇而伍之。孰殺子產，吾其與之！

我有子弟，子產誨之，我有田疇，子產殖之。子產而死，誰其嗣之？

——春秋左氏襄三十年傳

最後這一篇是成片段的民謠了。

此外荀子吳越春秋和家語裏也有可注意的諺語。

吳越春秋：

同病相憐，同憂相救。

家語辯政篇：

天將大雨，商羊鼓儛。

這也是一種格言。

又家語、子路初見篇：

相馬以輿，相士以居。

這種民間的成語，乃是從經驗裏得來的東西。

荀子、大略篇：

欲富乎？忍恥矣，傾絕矣，絕故舊矣，與義分背矣。

這卻帶些諷刺的罵世的意味了。

參考書目

一、毛詩傳箋三十卷，鄭玄箋，有相臺五經本；坊刻本亦多。

二、毛詩正義四十卷，孔穎達疏，有阮刻十三經注疏本。

三、詩集傳八卷，朱熹撰，坊刻本極多。

四、詩三家義集疏二十八卷，王先謙編。乙卯虛受堂刊本。

五、周人經說八卷，（存四卷）王紹蘭撰，有功順堂叢書本。關於詩經的，見第四卷。

六、詩經拾遺一卷，郝懿行撰，有郝氏遺書本。
七、楚辭章句，王逸注，刊本甚多。
八、楚辭集註，朱熹註，刊本甚多。
九、楊愼：古今諺二卷，有升菴別集本，有函海本。
十、楊愼：古今風謠二卷，有升菴別集本，有函海本。
十一、馮惟訥：古詩紀，有萬曆刊本。
十二、杜文瀾：古謠諺一百卷，有原刊本。

第三章　漢代的俗文學

一

漢代的文學，並不怎樣的發達。爲漢代文學之中心的辭賦，上乘的傑作，實在很少。漢賦是古典主義的作品，是全然模擬古人的作風的東西。他們只走着兩條路，他們只具有兩種的不同的傾向。一種是作者的嘆窮訴苦的東西；這是『辭』，這是從離騷模擬而來的。賈誼的弔屈原賦、鵩鳥賦還是有靈魂的文章。但到了東方朔的答客難，揚雄的解嘲，班固的答賓戲，崔駰的達旨便成了俳優式的文學了；只是個人主義的充滿了利祿觀念的作品了。東方朔曾經說道：『侏儒飽欲死，臣朔飢欲死』！這話充分的表白出東方朔爲什麼要寫答客難的原因。狐狸吃不着葡萄，恨恨的走了開去，說道：『這葡萄太酸』，便是這個心理。這種個人主義的著作是並不怎樣可重視的。

一種是鋪張揚厲，頌德歌功的廟堂之作。這是『賦』，這是從大招、招魂，從枚乘七發模擬而得的東西。篇幅雖然很弘巨，結構卻是那樣的幼稚。七發的結構已是十分的鬆懈，其結束尤爲勉強之至。而所謂子虛、上林、兩京、三都、長楊、羽獵諸賦，則更千篇一例，讀一知百，除了誇大的描狀之外，幾乎一無所有。他們自以爲是『諷』諫。其實是『諷一而勸百』！古云：『登高能賦，可以爲大夫』。他們便是文學侍從之臣的眞相；專爲皇帝裝飾門面，鋪張隆治的。這一類的作品較之答客難等，尤爲沒有生命；遠遠看見是一片的金光，走近來察之，卻不過是太陽照射在玻璃窗上所反映的光而已。

所以我嘗說，漢代乃是詩思最消歇的一個時代。

被古典的空氣的重重壓迫之下，民間的文學當然不能很發達。而時代相隔已久，我們也很難得到多量的材料。但卽在所得到的材料裏面講來，古典主義究竟壓不死活潑潑的民間文學。民間作品在漢代依然能够頑強的生存着。春草自綠，春水自波，決不會受人力的干涉而枯黃乾涸了的。

二

漢高帝劉邦原來是一個無賴子；溺儒冠，亂罵人，『爲天下者不顧家』，『幸分我一杯羹』，處處都表現其爲一個無教育的人物。所以，他不會欣賞古典的東西的。他喜歡楚歌，愛看楚舞，他自己也會作楚歌。而楚歌，乃是當時流行的民歌，大約是隨了楚兵的破秦而大流行於世的。他有大風歌和鴻鵠歌，都是楚歌。

大風歌 史記：高祖既定天下，還過沛，留置酒沛宮，悉召故人父老子弟佐酒。發沛中兒得百二十人，教之歌。酒酣，上擊筑自歌曰：

大風起兮雲飛揚，威加海內兮歸故鄉。安得猛士兮守四方？

鴻鵠歌 史記：高帝欲立戚夫人子趙王如意，後不果。戚夫人涕泣。帝曰：爲我楚舞，我爲若楚歌。其旨言太子得四皓爲輔，羽翼成就，不可易也。

鴻鵠高飛，一舉千里。羽翼已就，橫絕四海。橫絕四海，又可奈何！雖有繒繳，將安所施？

劉邦的妾戚夫人，爲其妻呂后所囚，剪去她的頭髮，穿着赭衣，令在承巷裏舂米。戚姬一面舂，一面想念着她的兒子趙王如意，唱着楚歌道：

子爲王，母爲虜。終日舂薄暮，常與死爲伍。相離三千里，當誰使告汝！

趙幽王劉友娶呂氏女而不愛，愛他姬。諸呂讒之於呂后。她大怒，令兵圍其邸，竟至餓死。他在被幽禁時，曾作歌道：

諸呂用事兮劉氏微，迫脅王侯兮強授我妃。我妃既妬兮誣我以惡，讒女亂國兮上曾不寤。我無忠良兮何故棄國，自決中野兮蒼天與道！于嗟不可悔兮寧早自財！爲王餓死兮誰者憐之？呂氏絕理兮托天報仇！

這不絕像口頭的說話麼？

諸呂用事，朱虛侯劉章心裏很不平。有一天，宮庭裏宴會的時候，呂后命他監酒。他起來歌舞，作耕田歌道：

深耕穊種，立苗欲疏。非其種者，鋤而去之。

這也是近乎白話的詩歌。

在漢初，自劉邦以下諸侯王未必都受過古典的教育，但往往能楚歌，故自劉邦、戚姬以下，所作的楚歌，都是淺顯如話的。

到了漢武帝劉徹的時候，便有些不同了。這時，古典主義的勢力已經漸漸的大了。挾書之禁，早已除去。劉徹他自己是最喜歡文學的。他看重枚乘、司馬相如等。他自己所作的楚歌，像秋風辭、落葉哀蟬曲等便作風有異了。這時的楚歌卻變成了逼肖離騷、九章了，而非復近乎口語的東西。

但像其長子燕刺王劉旦將自殺時的歌：

歸空城兮，狗不吠雞不鳴。橫衕何廣廣兮因知國中之無人。

其第五子廣陵厲王劉胥的歌：

欲久生兮無終，長不樂兮安窮？奉天期兮不得須臾，千里馬兮駐待路。黃泉下兮幽深，人生要死，何爲苦心？何用爲樂？心所喜，出入無悰爲樂亟。蒿里召兮非門閱，死不得取代，庸身自逝。

都還帶着極濃厚的白話的氣息的。楊惲的答孫會宗書中有一詩云：

田彼南山，蕪穢不治。種一頃田，落而爲萁。人生行樂耳，須富貴何時！

也是明白淺顯的。

張衡的四愁詩，也是楚歌，『我所思兮在太山，欲往從之梁甫艱，側身東望涕沾翰。……』而古典的氣息已是相當的濃厚了。

三

五言詩在什麼時候代替楚歌而起的呢？起於枚乘或李陵蘇武之說是不可靠的。最早的五言詩都是童謠民歌一類的東西。漢書五行志載漢武帝時童謠云：

> 邪徑敗良田，讒口亂善人。桂樹華不實，黃雀巢其顚。昔爲人所羨，今爲人所憐。

又漢書載承始、元延間（漢成帝時）長安人歌尹賞云：

> 安所求子死？桓東少年場。生時諒不謹，枯骨後何葬？

可靠的五言詩沒有更早於漢成帝（公元前三十二至七年）時候的。

後漢的時代，五言詩的主體還是民歌民謠。後漢書載光武時，樊曄爲天水太守，政嚴猛。人有犯其禁者，率不生出獄。涼州爲之歌道：

> 遊子常苦貧，力子天所富。寧見乳虎穴，不入冀府寺。大笑期必死，忿怒或見置。嗟我樊府君，安可再遭値！

後漢書又載童謠歌云：

> 城中好高髻，四方高一尺。城中好廣眉，四方且半額。城中好大袖，四方全匹帛。

這些都可見出是民歌、民謠的本來面目。五言詩在這個時候，似還未爲學士大夫們所注意。

但班固卻很早的便注意到她。固在漢書裏已引五言，當然會受到影響。

> 三王德彌薄，惟後用肉刑。太倉令有罪，就逮長安城。自恨身無子，困急獨煢煢。小女痛父言，死者不可生。上書詣闕下，思古歌雞鳴。憂心摧折裂，晨風揚激聲。聖漢孝文帝，惻然感至情。百男何憒憒，不如一緹縈！

這是詠歌漢文帝時少女緹縈上書救父的事的。雖是『詠史』，卻已開了以五言詩體來寫『敍事詩』的大路了。

張衡也有同聲歌：『邂逅承際會，得充君後房。情好所交接，恐慄若探湯』，頗富於民歌的趣味。

漢末，五言詩始大行於世，但還未盡脫民歌的作風，有許多還是帶着很濃厚的口語的成分。

『青青河邊草』的一首飲馬長城窟行，相傳爲蔡邕作，惟文選以此首爲無名氏作。但『青青河邊草』如非邕作，他實際上也曾作着五言詩的，像翠鳥：『庭隩有若榴，綠葉含丹榮。翠鳥時來集，振翼修形容』，托物見志，也有民歌的餘意。

酈炎的見志詩二首詩，也明白如話：

大道修且長，窘路狹且促。脩翼無卑棲，遠趾不步局。舒吾凌霄羽，奮此千里足。超邁絕塵驅，倏忽誰能逐？賢愚豈常類，禀性在清濁。富貴有人籍，貧賤無天錄。通塞苟由己，志士不相卜。陳平教里社，韓信釣河曲。終居天下宰，食此萬鍾祿。德音流千載，功名重山嶽。

靈芝生河洲，動搖因洪波。蘭榮一何晚，嚴霜瘁其柯。哀哉二方草，不植泰山阿！文質道所貴，遭時用有嘉。絳灌臨衡宰，謂誼崇浮華。賢才抑不用，遠投荆南沙。抱玉乘龍驥，不逢樂與和。安得孔仲尼，爲世陳四科。

趙壹的疾邪詩二首，最近於口語；他特才倨傲，爲鄉黨所擯。後屢抵罪，幾至死，友人救得免。『散憤蘭蕙，指斥囊錢』（詩品語）這是他處困境的呼號：

河清不可俟，人命不可延。順風激靡草，富貴者稱賢。文籍雖滿腹，不如一囊錢！伊優北堂上，骯髒倚門邊。

埶家多所宜，欬唾自成珠。被褐懷金玉，蘭蕙化爲芻。賢者雖獨悟，所困在羣愚。且各守爾分，勿復空馳驅！哀哉復哀哉，此是命矣夫！

孔融在漢末，清名令望，著於天下，曹操最忌他。後來竟令路粹誣奏他，下獄棄市。二子也俱死。他遭着這樣不可言說的寃苦，在獄中寫有雜詩一篇：

遠送新行客，歲暮乃來歸。入門望愛子，妻妾向人悲。聞子不可見，日已潛光輝。孤墳在西北，常念君來遲。褰裳上墟丘，但見蒿與薇白骨歸黃泉，肌體乘塵飛；生時不識父，死後知我誰？孤魂遊窮暮，飄颻安所依！人生圖孠息，爾死我念追。俛仰內傷心，不覺淚霑衣。人生自有命，但恨生日希。

這是披肝瀝膽的哀音，和劉友具有同樣的情懷的又臨終時，有詩一首，那是更近於口語的；他原是頗敏感的人，對於俗諺方言，故能脫口卽出：

臨終詩

言多令事敗，器漏苦不密。河潰蟻孔端，山壞由猿穴。涓涓江漢流，天窗通冥室。讒邪害公正，浮雲翳白日，靡辭無忠誠，華繁竟不實。人有兩三心，安能合爲一。三人成市虎，浸漬解膠漆。生存多所慮，長寢萬事畢。

秦嘉爲郡上計，其妻徐淑寢疾還家，不獲面別，乃作詩三首贈她，這三首詩顯然也是受有當時流行的民歌的影響的：

人生譬朝露，居世多屯蹇！憂艱常早至，歡會常苦晚。念當奉時役，去爾日遙遠。遣車迎子還，空往復空返。省書情悽愴，臨食不能飯。獨坐空房中，誰與相勸勉？長夜不能眠，伏枕獨展轉。憂來如循環，匪席不可卷。

皇靈無私親，爲善荷天祿。傷我與爾身，少小罹煢獨。既得結大義，歡樂苦不足。念當遠別離，思念敍款曲。河廣無舟梁，道近隔丘陸。臨路懷惆悵，中駕正躑躅。浮雲起高山，悲風激深谷。良馬不迴鞍，輕車不轉轂。鍼藥可屢進，愁思難爲數。貞士篤終始，恩義不可促。

肅肅僕夫征，鏘鏘揚和鈴。清晨當引邁，束帶待雞鳴。顧看空房中，彷彿想姿形。一別懷萬恨，起坐爲不寧。何用敍我心，遺思致款誠。寶釵好耀首，明鏡可鑑形。芳香去垢穢，素琴有清聲。詩人感木瓜，乃欲答瑤瓊。媿彼贈我厚，慙此往物輕。雖知未足報，貴用敍我情。

建安諸子所寫樂府及五言詩都多少的受有民歌的影響。應瑒的鬭雞詩、別詩都很近於白話。應璩的百一詩，就今所存者觀之，甚爲淺顯通俗，極似民間流行的格言詩。已爲王梵志、寒山、拾得們導其先路，像：

細微可不愼！隄潰有蟻穴。腠理早從事，安復勞鍼石？……

子弟可不愼！愼在選師友。師友必長德，中才可進誘。……

史稱其『雖頗諸，然多切時要』。

這種模擬民歌之作或受民歌影響的東西，至晉初而未絕，我們且引程曉的嘲熱客爲結束。這雖不是漢詩，但可見五言詩在這時還未完全成爲古典的。

平生三伏時，道路無行車。閉門避暑臥，出入不相過。今世褦襶子，觸熱到人家。主人聞客來，顰蹙奈此何！謂當起行去，安坐正咨嗟。所說無一急，唂唂一何多？疲瘵向之久，甫問君極那。搖扇髀中疾，流汗正滂沱。莫謂爲小事，亦是一大瑕。傳戒諸高明，熱行宜見呵。

這是一首開玩笑的詩不僅，明白如話，且簡直引進了許多方言俗語，像『啥啥一何多』，『甫問君極那』之類。這是俗文學史裏極可珍貴的材料。

四

無名氏的五言古詩，像古詩十九首等作，非一人，也非出於一時；必定是經過了許多人的修改、潤飾，而最後到了漢末方纔寫定的。鍾嶸說道：『古詩眇邈，人世難詳。推其文體，固炎漢之製，非衰周之倡也』。他又道『其外「去者日以疏」四十五首，雖多哀怨，頗爲總雜。舊疑是建安中曹、王所製』。大約有許多古詩，到了曹、王時候方纔有了最後的定本吧。

這些古詩，對於後代的影響頗大；自建安以後；受其影響的詩人們極多。同時，且帶着很濃厚的民歌的本色，使我們可以明白漢代的民歌究竟是如何樣子的——其實和子夜、讀曲乃至掛枝兒、馬頭調都同樣的以『哀怨』爲主的。

古詩十九首以情詩爲主，大抵這些情詩都是思婦懷人之作，其內容和辭語有些是不甚相遠的；這乃是民歌的特質之一；她是決不遲疑的襲用着他人之辭語的。

行行重行行，與君生別離，相去萬餘里，各在天一涯。道路阻且長，會面安可知？胡馬依北風，越鳥巢南枝。相去日已遠，衣帶日已緩。浮雲蔽白日，遊子不顧返。思君令人老，歲月忽已晚。弃捐勿復道，努力加餐飯！

這是南北兩地相隔而不能相見的情形。還是不用去思念着而『努力加餐飯』吧。

第八首的『冉冉孤生竹』也是思女望男不至的哀怨之音。『思君令人老，軒車來何遲』，和行行重行行的『思君令人老，歲月忽已晚』是同樣的意義。

冉冉孤生竹，結根泰山阿。與君爲新婦，兔絲附女蘿；兔絲生有時，夫婦會有宜。千里遠結婚，悠悠隔山陂。思君令人老，軒車來何遲！傷彼蕙蘭花，含英揚光輝；過時而不采，將隨秋草萎。君亮執高節，賤妾亦何爲！

古詩三首中的橘柚垂華實一首也有同樣的『過時不采』之感：

橘柚垂華實，乃在深山側。聞君好我甘，竊獨自彫飾。委身玉盤中，歷年冀見食。芳菲不相投，青黃忽改色。人儻欲我知，因君爲羽翼。

十九首裏第二首的青青河畔草，乃是春日懷人之作，較之唐人詩的『忽見陌頭楊柳色，悔教夫壻覓封侯』，尤爲深刻：

青青河畔草，鬱鬱園中柳。盈盈樓上女，皎皎當牕牖；娥娥紅粉妝，纖纖出素手。昔為倡家女，今為蕩子婦。蕩子行不歸，空牀難獨守。

第十九首明月何皎皎寫得更爲溫柔敦厚：

明月何皎皎？照我羅牀幃。憂愁不能寐，攬衣起徘徊。客行雖云樂，不如早旋歸。出戶獨彷徨，愁思當告誰？引領還入房，淚下霑裳衣！

第十六首凜凜歲云暮和第十七首孟冬寒氣至也都是懷人之曲；當冬寒歲暮的時候，遊子離家不歸，思婦獨宿在室中，長夜漫漫，其情緒是更爲悽楚的：

孟冬寒氣至，北風何慘慄？愁多知夜長，仰觀衆星列。三五明月滿，四五蟾兔缺；客從遠方來，遺我一書札。上言長相思，下言久離別。置書懷袖中，三歲字不滅。一心抱區區，懼君不識察。

凜凜歲云暮，螻蛄夕鳴悲。涼風率已厲，遊子寒無衣。錦衾遺洛浦，同袍與我違。獨宿累長夜，夢想見容輝。良人惟古歡，枉駕惠前綏。願得長巧笑，攜手同車歸。既來不須臾，又不處重闈。亮無晨風翼，焉能淩風飛？眄睞以適意，引領遙相晞。徙倚懷感傷，垂涕霑雙扉。

第七首的明月皎夜光和孟冬寒氣至和明月何皎皎二首的情緒和辭語都有相同處：

明月皎夜光，促織鳴東壁。玉衡指孟冬，衆星何歷歷？白露霑野草，時節忽復易。秋蟬鳴樹間，玄鳥逝安適？昔我同門友，高舉振六翮。不念攜手好，弃我如遺跡！南箕此有斗，牽牛不負軛，良無盤石固，虛名復何益。

第十首迢迢牽牛星寫得最爲淸麗可喜：

迢迢牽牛星，皎皎河漢女，纖纖擢素手，札札弄機杼；終日不成章，泣涕零如雨。河漢清且淺，相去復幾許？盈盈一水間，脈脈不得語。

相傳爲蘇武詩的燭燭晨明月一首，其情緒也是同樣的：

燭燭晨明月，馥馥秋蘭芳，芬馨良夜發，隨風聞我堂；征夫懷遠路，遊子戀故鄉。寒冬十二月，晨起踐嚴霜。俯觀江漢流，仰視浮雲翔。良友遠別離，各在天一方；山海隔中州，相去悠且長，嘉會難再遇，歡樂殊未央，願君崇令德，隨時愛景光！

十九首裏第五首的西北有高樓和第十二首的東城高且長，都是以弦歌之聲來烘托出思婦之情懷的。『慷慨有餘哀』和『音響一何悲』是抱着很相同的哀怨之感的。『四時更變化』一語，寫所思不僅在一時一節，而是無時不在想念着的：

西北有高樓，上與浮雲齊，交疏結綺牕，阿閣三重階；上有絃歌聲，音響一何悲？誰能爲此曲，無乃杞梁妻？清商隨風發，中曲正徘徊，一彈再三歎，慷慨有餘哀！不惜歌者苦，但傷知音稀。願爲雙黃鵠，奮翅起高飛。

東城高且長，逶迤自相屬，迴風動地起，秋草萋以綠。四時更變化，歲暮一何速？晨風懷苦心，蟋蟀傷局促。蕩滌放情志，何爲自結束？燕趙多佳人，美者顏如玉。被服羅裳衣，當戶理清曲。音響一何悲，絃急知柱促。馳情整巾帶，沈吟聊躑躅。思爲雙飛燕，銜泥巢君屋。

被稱爲蘇武詩的黃鵠一遠別一首，也是以『弦歌』來寫懷的

> 黃鵠一遠別，千里顧徘徊。胡馬失其羣，思心常依依；何況雙飛龍，羽翼臨當乖。幸有弦歌曲，可以喻中懷。請爲遊子吟，泠泠一何悲。絲竹厲清聲，慷慨有餘哀。長歌正激烈，中心愴以摧。欲展清商曲，念子不能歸！俛仰內傷心，淚下不可揮。願爲雙黃鵠，送子俱遠飛。

這一首和西北有高樓似是一詩的轉變；其間辭語的相同處很可使我們注意。

十九首裏第六首涉江採芙蓉和第九首庭中有奇樹，其語意是很相同的。

> 涉江採芙蓉，蘭澤多芳草。采之欲遺誰？所思在遠道。還顧望舊鄉，長路漫浩浩。同心而離居，憂傷以終老！

> 庭中有奇樹，綠葉發華滋。攀條折其榮，將以遺所思。馨香盈懷袖，路遠莫致之。此物何足貴，但感別經時。

所謂香草美人之思，正是這一類的詩篇。採了芳草，摘了芙蓉，將以送給什麼人呢？所思是在那遼遠的地方，如何可以『致之』呢？古詩三首裏的新樹蘭蕙葩似也是這二詩的異本：

> 新樹蘭蕙葩，雜用杜衡草。終朝采其華，日暮不盈抱。采之欲遺誰？所思在遠道。馨香易銷歇，繁華會枯槁。悵望何所言，臨風送懷抱。

十九首裏第十八首的客從遠方來卻彈出一個異調了；這是歡愉之音；從情人的遺贈而更堅

固其愛情的：『以膠投漆中，誰能別離此』！

客從遠方來，遺我一端綺。相去萬餘里，故人心尚爾！文彩雙鴛鴦，裁爲合歡被，著以長相思，緣以結不解。以膠投漆中，誰能別離此！

五

古詩十九首給魏、晉文人的印象最深者，還是其中表現着『人生幾何』的直率的哲理詩的六首。這六首的情調大致是相同的。既然『人生寄一世』是『奄忽若飇塵』，那末爲什麼飲酒作樂呢？爲什麼不秉燭夜遊呢？爲什麼不追求於刹那的享受之後呢？這種情調是民歌裏所常見到的；李白的詩，元人的散曲都濃厚的沈浸在這種情調之中。建安曹、王諸人及其後諸詩人之作，也不時的表現着這種由悲觀主義而遁入刹那的享受主義的人生觀。

青青陵上柏，磊磊澗中石。人生天地間，忽如遠行客。斗酒相娛樂，聊厚不爲薄。驅車策駑馬，遊戲宛與洛。洛中何鬱鬱？冠帶自相索。長衢羅夾巷，王侯多第宅；兩宮遙相望，雙闕百餘尺。極宴娛心意，戚戚何所迫？

今日良宴會，歡樂難具陳，彈箏奮逸響，新聲妙入神；令德唱高言，識曲聽其眞；齊心同所願，含意俱未伸。人生寄一世，奄忽若飇塵。何不策高足，先據要路津。無爲守窮賤，轗軻長苦辛。

迴車駕言邁，悠悠涉長道。四顧何茫茫，東風搖百草。所遇無故物，焉得不速老！盛衰各有時，立身苦不早。人生非金石，豈能長壽考。奄忽隨物化，榮名以爲寶。

驅車上東門，遙望郭北墓。白楊何蕭蕭，松柏夾廣路；下有陳死人，杳杳即長暮。潛寐黃泉下，千載永不寤。浩浩陰陽移，年命如朝露。人生忽如寄，壽無金石固。萬歲更相送，賢聖莫能度。服食求神仙，多爲藥所誤。不如飲美酒，被服紈與素。

去者日以疎，來者日以親。出郭門直視，但見丘與墳；古墓犂爲田，松柏摧爲薪。白楊多悲風，蕭蕭愁殺人。思還故里閭，欲歸道無因。

生年不滿百，常懷千歲憂。晝短苦夜長，何不秉燭遊？爲樂當及時，何能待來茲！愚者愛惜費，但爲後世嗤。仙人王子喬，難可與等期。

六

被稱爲蘇武，李陵作的十幾首古詩，幾乎沒有一首不好。在古詩十九首之外，這若干首的古詩最足以爲我們注意。在其間，民歌的情趣是濃厚的。除了上文所引的和古詩十九首裏幾首相同的以外，其餘的也都可以看出是：他們本來是民間歌曲，至少或是受民歌影響很深的。舊稱爲蘇武答李陵詩的童童孤生柳：

童童孤生柳，寄根河水泥。連翩遊客子，于冬服涼衣。去家千里餘，一身常渴饑；寒夜立清庭，仰瞻天漢湄。寒風吹我骨，嚴霜切我肌。憂心常慘戚，晨風爲我悲。瑤光游何速，行願支荷遲。仰視雲間星，忽若割長帷。低頭還自憐，盛年行已衰。依依戀明世，愴愴難久懷！

和十九首裏的冉冉孤生竹是頗爲相同的。

被稱爲蘇武別李陵詩『二凫俱北飛』一首，是深情厚誼的『別詩』，辭意淺近而摯切：

二凫俱北飛，一凫獨南翔。子當留斯館，我當歸故鄉。一別如秦胡，會見何詎央！愴恨切中懷，不覺淚沾裳。願子長努力，言笑莫相忘！

所謂蘇武詩的骨肉緣枝葉和結髮爲夫妻二首，語語都是切近而眞摯的。民歌裏寫別後相思的最多；寫別離之頃的情緒而像這二首那末雋美的卻極少。

骨肉緣枝葉，結交亦相因。四海皆兄弟，誰爲行路人？況我連枝樹，與子同一身。昔爲鴛與鴦，今爲參與辰。昔者長相近，邈若胡與秦。惟念當乖離，恩情日以新。鹿鳴思野草，可以喩嘉賓。我有一尊酒，欲以贈遠人。願子留斟酌，敍此平生親。

結髮爲夫妻，恩愛兩不疑。歡娛在今夕，燕婉及良時；征夫懷往路，起視夜何其。參辰皆已沒，去去從此辭。行役在戰場，相見未有期。握手一長歎，淚爲生別滋！努力愛春華，莫忘歡樂時。生當復來歸，死當長相思。

又有所謂李陵答蘇武詩的二首：良時不再至和攜手上河梁，也都是寫『黯然魂消』的別時情景的。西廂記的『眼閣着別離淚』一場寫得最好，而這裏『屏營衢路側，執手野踟躕』，已足以盡之。

> 良時不再至，離別在須臾。屏營衢路側，執手野踟躕。仰視浮雲馳，奄忽互相踰。風波一失所，各在天一隅！長當從此別，且復立斯須。欲因晨風發，送子以賤軀。

> 攜手上河梁，遊子暮何之？徘徊蹊路側，悢悢不能辭：行人難久留，各言長相思。安知非日月，弦望自有時；努力崇明德，皓首以爲期。

無名氏的古詩，可稱的還很多。步出城東門一首極爲清麗。『前日風雪中，故人從此去』，和詩經的『今我來思，雨雪霏霏』，足以並稱。『願爲雙黃鵠，高飛還故鄉』，是古詩裏常見之語。在民歌裏辭句往往是不嫌蹈襲不避引用習語的：

> 步出城東門，遙望江南路。前日風雪中，故人從此去。我欲渡河水，河水深無梁。願爲雙黃鵠，高飛還故鄉。

古詩四首裏的悲與親友別、四坐且莫諠、穆穆清風至三首都是很可稱道的。四坐且莫諠，以爐香爲喻，頗有巧思；穆穆清風至則辭意清麗；『青袍似春草，長條隨風舒』，即物起興，也是民歌裏常用的方法：

悲與親友別，氣結不能言；贈子以自愛，道遠會見難！人生無幾時，顚沛在其間；念子棄我去，新心有所歡。結志青雲上，何時復來還？

四坐且莫諠，願聽歌一言。請說銅鑪器，崔嵬象南山。上枝以松柏，下根據銅盤，彫文各異類，離婁自相連。誰能爲此器？公輸與魯班。朱火然其中，青煙颺其間。從風入君懷，四坐莫不歎。香風難久居，空令蕙草殘。

穆穆清風至，吹我羅裳裾；青袍似春草，長條隨風舒。朝登津梁山，褰裳望所思。安得抱柱信，皎日以爲期！

別有無名氏的古詩四首，都只有五言的四句，故古詩源乃別稱之爲古絕句。這四首充分的表現着民歌的特色。藁砧今何在以隱語藏情意。在漢末，隱語是同時流行於雅士俗人之間的。菟絲從長風的寫法，也是民歌所常用的：

藁砧今何在？山上復有山。何當大刀頭，破鏡飛上天。

日暮秋雲陰，江水清且深。何用通音信？蓮花玳瑁簪。

菟絲從長風，根莖無斷絕；無情尙不離，有情安可別！

南山一樹桂，上有雙鴛鴦；千年長交頸，歡慶不相忘。

在無名氏古詩四首裏，有上山採蘼蕪，乃是很短雋的一篇敍事詩。

上山採蘼蕪，下山逢故夫。長跪問故夫，新人復何如？新人雖言好，未若故人姝，顏色類相似，手爪不相如。新人從門入，故人從閤去。新人工織縑，故人工織素。織縑日一匹，織素五丈餘，將縑來比素，新人不如故。

古詩三首裏的十五從軍征，乃是很悲痛的一首社會詩。十五歲當軍人去了，到了八十方回，而家中人已經是亡故甚久了。大有丁令威歸來之感。這一類的情緒，文人們往往托之以仙佛的奇跡；歐文(W Irving) 的睡鄉記(Rip Van Winkle)也是如此。惟此篇獨具人間性，而沒有一點神怪的成分。其情緒又是如何的悽楚難忍！

十五從軍征，八十始得歸。道逢鄉里人，『家中有阿誰』？『遙望是君家，松柏冢纍纍』。兔從狗竇入，雉從梁上飛。中庭生旅穀，井上生旅葵。烹穀持作飯，采葵持作羹。羹飯一時熟，不知貽阿誰？出門東向望，淚落霑我衣！

古詩裏，敍事之作本來不多。在一般民歌裏，也是抒情的作品多而敍事的篇章很少，除了古樂府裏所有的好幾篇的敍事詩之外，五言古詩裏只有上山採蘼蕪和十五從軍征二首及蔡邕女琰的悲憤詩而已。

蔡琰在漢末黃巾之亂時，爲匈奴擄去。在胡中十二年，已生二子。曹操執政時，痛邕無後，乃以金璧贖之歸。嫁給董祀。她在離胡歸漢的時候，祖國之愛和母子之愛交戰於胸中；乃有悲憤詩之作。明人陳與郊作文姬入塞雜劇，頗能表白出這種交戰的情緒。

琰的悲憤詩凡二篇，一爲五言體，一爲楚歌體，又有胡笳十八拍一篇，相傳皆爲她作。爲什麽她要把這同一的情緒，同一的故事寫爲三個不同體裁的詩篇呢？這是沒有理由可以解釋的。這三篇寫得都不壞。在古代珍罕的敍事詩裏乃是傑作。

這三篇都是以第一身的口氣出之。胡笳十八拍的結拍云：『胡笳本自出胡中，緣琴翻出音律同。十八拍兮曲雖終，響有餘兮思無窮』。似未必爲琰本人所作，雖然結語有『天與地隔兮子西母東，苦我怨氣兮浩於長空，六合雖廣兮受之應不容』，大爲深悲苦怨，而卻似從『還顧之兮破人情，心怛絕兮死復生』翻出的。

五言體的一首悲憤詩，一開頭便說道：『漢季失權柄，董卓亂天常。志欲圖篡弑，先害諸賢良』，不像蔡琰的口吻。她的父親和董卓是好友；卓被殺不久，邕也因卓黨遇害。她照理是不應該破口罵董卓的。

如果蔡琰寫過悲憤詩，則最可靠的一篇，還是楚歌體的；她幼年受過文學的教養很深，這樣的詩，她是可以寫得出的。這一首楚歌，無支辭，無蔓語，全是抒寫自己的生世，自己的遭亂被擄的事，自己的在胡中的生活，自己的別子而歸，踟躕不忍相別的情形。而尤着重於胡中的生活情形，全篇不到三百個字，是三篇裏最簡短的一篇，卻寫得最爲眞摯。

大約當她的悲憤詩出來之後，立刻便大爲流行於世。當時五言詩正是一個新體，有文人便用之來添枝增葉的改寫了一遍。而同時歌唱的人，便也利用着胡笳十八拍的樂歌來描寫其事。這便是悲憤詩爲什麼會有三篇的原因吧。

這三篇都寫得很可愛，現在全錄於下，以資讀者們的比勘：

（一）楚歌

嗟薄祜兮遭世患，宗族殄兮門戶單！身執略兮入西關，歷險阻兮之羌蠻。山谷眇兮路漫漫，眷東顧兮但悲歎，冥當寢兮不能安，饑當食兮不能餐。常流涕兮眥不乾，薄志節兮念死難。雖苟活兮無形顏！惟彼方兮遠陽精，陰氣凝兮雪夏零，沙漠壅兮塵冥冥，有草木兮春不榮；人似禽兮食臭腥，言兜離兮狀窈停。歲聿暮兮時邁征，夜悠長兮禁門扃。不能寐兮起屏營，登胡殿兮臨廣庭。玄雲合兮翳月星，北風厲兮肅泠泠；胡笳動兮邊馬鳴，孤鴈歸兮聲嚶嚶，樂人興兮彈琴箏，音相和兮悲且淸。心吐思兮胸憤盈，欲舒氣兮恐彼驚，含哀咽兮涕沾頸！家既迎兮當歸寧，臨長路兮捐所生；兒呼母兮啼失聲，我掩耳兮不忍聽！追持我兮走煢煢，頓復起兮毀顏形。還顧之兮破人情，心怛絕兮死復生！

（二）五言詩

漢季失權柄，董卓亂天常，志欲圖篡弒，先害諸賢良。逼迫遷舊邦，擁王以自強，海內興義師，欲共討不祥，卓衆來東下，金甲耀日光，平土人脆弱，來兵皆胡羌，獵野圍城邑，所向悉破亡，斬截無孑遺，尸骸相掌拒；馬邊懸男頭，馬後載婦女，長驅西入關，迥路險且阻。還顧邈冥冥，肝脾爲爛腐！所略有萬計，不得令屯聚，或有骨肉俱，欲言不敢語！失意幾微間，『輒言斃降虜，要當以亭刃，我曹不活汝』！豈敢惜性命，不堪其詈罵，或便加棰杖，毒痛參并下。旦則號泣行，夜則悲吟坐，欲死不能得，欲生無一可。彼蒼者何辜，乃遭此戹禍？邊荒與華異，人俗少義理，處所多霜雪，胡風春夏起。翩翩吹我衣，肅肅入我耳，感時念父母，哀歎無終已！有客從外來，聞之常歡喜，迎問其消息，輒復非鄉里！邂逅徼時願，骨肉來迎己，己得自解免，當復棄兒子。天屬綴人心，念別無會期，存亡永乖隔，不忍與之辭；兒前抱我頸，問：『母欲何之？人言母當去，豈復有還時？阿母常仁惻，今何更不慈？我尙未成人，奈何不顧思？』見此崩五內，恍惚生狂癡，號呼手撫摩，當發復回疑！兼有同時輩，相送告別離。慕我獨得歸，哀叫聲摧裂。馬爲立踟躕，車爲不轉轍，觀者皆歔欷，行路亦嗚咽；去去割情戀，遄征日遐邁，悠悠三千里，何時復交會？念我出腹子，胸臆爲摧敗，既至家人盡，又復無中外。城郭爲山林，庭宇生荆艾，白骨不知誰，從橫莫覆蓋；出門無人聲，豺狼嗥且吠，煢煢對孤景，怛咤靡肝肺！登高遠眺望，魂神忽飛逝，奄若壽命盡，傍人相寬大。爲復彊視息，雖生何聊賴。託命于新人，竭心自勗勵。流離成鄙賤，常恐復捐廢。人生幾何時，懷憂終年歲。

（三）胡笳十八拍

我生之初尙無爲，我生之後漢祚衰。天不仁兮降亂離，地不仁兮使我逢此時。干戈日尋兮道路危，民卒流亡兮共哀悲，煙塵蔽野兮胡虜盛，志意乖兮節義虧。對殊俗兮非我宜，遭惡辱兮當告誰？笳一會兮琴一拍，心憤怨兮無人知！

戎羯逼我兮爲室家，將我行兮向天涯。雲山萬重兮歸路遐，疾風千里兮揚塵沙。人多暴猛兮如虺蛇，控弦被甲兮爲驕奢。兩拍張絃兮絃欲絕，志摧心折兮自悲嗟！

越漢國兮入胡城，亡家失身兮不如無生！氈裘爲裳兮骨肉震驚，羯羶爲味兮枉遏我情；鞞鼓喧兮從夜達明，胡風浩浩兮暗塞營。傷今感昔兮三拍成，銜悲畜恨兮何時平？

無日無夜兮不思我鄉土，禀氣含生兮莫過我最苦！天災國亂兮人無主，唯我薄命兮役我虜；殊俗心異兮身難處，嗜欲不同兮誰可與語？尋思涉歷兮多艱阻，四拍成兮益悽楚！

雁南征兮欲寄邊聲，雁北歸兮爲得漢音，雁飛高兮邈難尋，空斷腸兮思愔愔！攢眉向月兮撫雅琴，五拍泠泠兮意彌深！

冰霜凜凜兮身苦寒，餓對肉酪兮不能餐。夜聞隴水兮聲嗚咽，朝見長城兮路杳漫；追思往日兮行李難，六拍悲來兮欲罷彈！

日暮風悲兮邊聲四起，不知愁心兮說向誰是？原野蕭條兮烽戍萬里，俗賤老弱兮少壯爲美。逐有水草兮安家葺壘，牛羊滿野兮聚如蜂蟻，草盡水竭兮羊馬皆徙。七拍流恨兮惡居於此？

爲天有眼兮何不見我獨漂流？爲神有靈兮何事處我天南海北頭？我不負天兮天何配我殊匹？我不負神兮神何殛我越荒州？製茲八拍兮擬俳優，何知曲成兮心轉愁！

天無涯兮地無邊，我心愁兮亦復然。生悠忽兮如白駒之過隙，然不得歡樂兮當我之盛年！怨兮欲問天，天蒼蒼兮上無緣，舉頭仰望兮空雲煙，九拍懷情兮誰與傳？

城頭烽火不曾滅，疆場征戰何時歇。殺氣朝朝衝塞門，胡風夜夜吹邊月。故鄉隔兮音塵絕，哭無聲兮氣將咽！一生辛苦兮緣離別，十拍悲深兮淚成血！

我非貪生而惡死，不能捐身兮心有以生；仍冀得兮歸桑梓，死當埋骨兮長已矣。日居月諸兮在戎壘，胡人寵我兮有二子，鞠之育之兮不羞恥，愍之念之兮生長邊鄙。十有一拍兮因茲起，哀響纏綿兮徹心髓！

東風應律兮暖氣多，知是漢家天子兮布陽和；羌胡蹈舞兮共謳歌，兩國交懽兮罷兵戈。忽遇漢使兮稱迎詔，遺千金兮贖妾身。喜得生還兮逢聖君，嗟別稚子兮會無因！十有二拍兮哀樂均，去往兩情兮難具陳！

不謂殘生兮卻得旋歸，撫抱胡兒兮泣下沾衣。漢使迎我兮四牡騑騑，號失聲兮誰得知？與我生死兮逢此時，愁爲子兮日無光輝，焉得羽翼兮將汝歸？一步一遠兮足難移，魂消影絕兮恩愛遺！十有三拍兮絃急調，悲肝腸攪刺兮人莫我知！

身歸國兮兒莫知隨，心懸懸兮長如饑。四時萬物兮有盛衰，唯我愁苦兮不暫移！山高地闊兮見汝無期，更深夜闌兮夢汝來斯！夢中執手兮一喜一悲，覺後痛吾心兮無休歇時。十有四拍兮涕淚交垂，河水東流兮心是思！

十五拍兮節調促，氣塡胸兮誰識曲？處穹廬兮偶殊俗，願得歸來兮天從欲，再還漢國兮懽心足；心有懷兮愁轉深。日月無私兮曾不照臨？子母分離兮意難任。同天隔越兮如商參，生死不相知兮何處尋？

十六拍兮思茫茫，我與兒兮各一方。日東月西兮徒相望，不得相隨兮空斷腸！對萱草兮憂不忘，彈鳴琴兮情何傷；今別子兮歸故鄉，舊怨平兮新怨長！泣血仰頭兮訴蒼蒼，胡爲生兮獨罹此殃？

十七拍兮心鼻酸，關山阻脩兮行路難。去時懷土兮心無緒，來時別兒兮思漫漫！塞上黃蒿兮枝枯葉乾，沙場白骨兮刀痕箭瘢，風霜凜凜兮春夏寒，人馬饑豗兮筋力單。豈知重得兮入長安，歎息欲絕兮淚闌干！

胡笳本自出胡中，緣琴翻出音律同。十八拍兮曲雖終，響有餘兮思無窮！是知絲竹微妙兮均造化之功，哀樂各隨人心兮有變則通。胡與漢兮異域殊風，天與地隔兮子西母東。苦我怨氣兮浩於長空，六合雖廣兮受之應不容！

七

漢樂府裏有不少的民歌。樂府是王家的樂隊所歌唱的東西。但王家未必喜愛文學侍從之臣的歌功頌德之作，深奧難解之文。故王家的樂隊往往的很早的便採新聲入樂，以娛帝王后妃。我們觀於淸代昇平署所藏曲子的複雜，便可以知道其中的消息。漢代樂府之創始於武帝。劉徹自己雖是一個詩人，其趣味卻很廣泛。漢書（卷二十二）說道：

（武帝）乃立樂府，採詩夜誦。有趙、代、秦、楚之謳。以李延年爲協律都尉。

同書（卷九十二）又道：

李延年中山人，身及父母兄弟皆故倡也。延年坐法腐刑，給事狗監中。女弟得幸於上，號李夫人。……延年善歌，爲新變聲。是時上方興天地諸祠，欲造樂，令司馬相如等作頌。延年輒承意弦歌所造詩，爲之『新聲曲』。

是李延年不但收羅各地樂歌，而且也有造新聲了。

到了哀帝的時候，方纔把樂府官罷去。但樂府官雖罷去，而民間和貴族們之喜愛鄭、衞之音則毫不受這位素朴的皇帝的影響。漢書（卷二十二）道：『百姓漸漬日久，又不制雅樂有以相變，豪富吏民湛沔自若』。其實，卽制雅樂也不會變更了民衆的嗜好的。

唐書、樂志云：『平調、淸調、瑟調皆周房中曲之遺聲，漢世謂之三調。又有楚調，漢房中樂也。與前三調，總謂之相和調』。此外，又有：『吟嘆曲』，也列於相和調。

晉書、樂志云：『凡樂章古辭，今之存者，並漢世街陌謠謳。江南可採蓮、烏生八九子、白頭吟之屬是也』。這話最爲得其眞相。今所見的古樂府，幾乎都是帶着很濃厚的民間歌謠的色彩的。

江南可採蓮和烏生八九子均見於相和歌辭的相和曲裏。相和曲是在「平」「淸」「瑟」「楚」四調及吟嘆曲之外的。

江南可採蓮，蓮葉何田田！魚戲蓮葉間，魚戲蓮葉東，魚戲蓮葉西，魚戲蓮葉北。

這是眞正民歌的本色，只是聲調鏗鏘，並沒有什麽意義。烏生八九子也是這樣無甚意義，（還有雞鳴高樹巔也是如此）。而只是順口歌唱着的。

在其間，公無渡河（一名箜篌引）是寫得很好的：

公無渡河！公竟渡河！墮河而死，當柰公何！

薤露歌和蒿里曲都是實際上應用着的挽歌：

薤上露，何易晞！露晞明朝更復落，人死一去何時歸！蒿里誰家地？聚斂魂魄無賢愚。鬼伯一何相催促，人命不得少踟蹰！

在其間，陌上桑（一作日出東南隅行）是寫得極好的一篇敍事歌曲較之無名氏五言古詩裏的上山採蘼蕪一篇是進步得多了。

日出東南隅，照我秦氏樓，秦氏有好女，自名爲羅敷。羅敷善蠶桑，採桑城南隅；青絲爲籠系，桂枝爲籠鉤，頭上倭墮髻，耳中明月珠，緗綺爲下裙，紫綺爲上襦。行者見羅敷，下擔捋髭鬚；少年見羅敷，脫帽著帩頭。耕者忘其犂，鋤者忘其鋤；來歸相怨怒，但坐觀羅敷。使君從南來，五馬立踟蹰。使君遣吏往，問是誰家姝？『秦氏有好女，自名爲羅敷』。『羅敷年幾何』？『二十尙不足，十五頗有餘』。使君謝羅敷，『寧可共載不』？羅敷前致詞，『使君一何愚！使君自有婦，羅敷自有夫。東方千餘騎，夫壻居上頭。何用識夫壻？白馬從驪駒，青絲繫馬尾，黃金絡馬頭，腰中鹿盧劍，可值千萬餘。十五府小史，二十朝大夫，三十侍中郞，四十專城居。爲人潔白晳，鬑鬑頗有鬚。盈盈公府步，冉冉府中趨。坐中數千人，皆言夫壻殊』。

平調曲裏的歌辭，今所存者僅長歌行、君子行、猛虎行等三調。君子行：『君子防未然，不處嫌疑間』，亦見於曹子建集。可見在魏、晉間，擬古樂府之風甚盛，其作風之逼肖，竟有令人不能分別之感。

長歌行的一首『青青園中葵』：

青青園中葵，朝露待日晞。陽春布德澤，萬物生光輝。常恐秋節至，焜黃華葉衰！百川東到海，何時復西歸？少壯不努力，老大徒傷悲。

乃是民間的格言歌。猛虎行是遊子的哀怨之音：

飢不從猛虎食，暮不從野雀棲。野雀安無巢，遊子爲誰驕？

清調曲有豫章行、董逃行；此二者今存的皆爲晉樂所奏，非古辭。又有相逢行、長安有狹斜行，則爲古辭。凡爲魏、晉所奏的歌辭，不是變得典雅，無生氣，便是增飾得很多，變得臃腫不堪，只有在本辭，（卽樂府古辭）裏纔可看出其本來面目。

相逢行

相逢狹路間，道隘不容車。不知何年少，夾轂問君家？君家誠易知，易知復難忘。黃金爲君門，白玉爲君堂。堂上置尊酒，作使邯鄲倡。中庭生桂樹，華燈何煌煌？兄弟兩三人，中子爲侍郎。五日一來歸，道上自生光。黃金絡馬頭，觀者盈道傍。入門時左顧，但見雙鴛鴦。鴛鴦七十二，羅列自成行。音聲何噰噰，鶴鳴東西廂。大婦織綺羅，中婦織流黃。小婦無所爲，挾瑟上高堂。丈人且安坐，調絲方未央。

長安有狹斜行

長安有狹斜，狹斜不容連；適逢兩少年，夾轂問君家。君家新市傍，易知復難忘。大子二千石，中子孝廉郎；小子無官職，衣冠仕洛陽。三子俱入室，室中自生光；大婦織綺紵，中婦織流黃，小婦無所爲，挾琴上高堂。丈人且徐徐，調絃詎未央。

瑟調曲裏的好歌最多，像婦病行、孤兒行都是民間產生的極漂亮的短篇的敍事歌曲，表現着最眞切的社會的家庭的悽苦的生活之情景：

婦病行

婦病連年累歲，傳呼丈人前一言。當言未及得言，不知淚下一何翩翩！『屬累君兩三孤子，莫我兒饑且寒。有過愼莫笪笞』。『行當折搖，思復念之』！亂曰：抱時無衣，襦復無裏，閉門塞牖舍。孤兒到市，道逢親交，泣坐不能起。從乞求與孤買餌，對交啼泣，淚不可止。我欲不傷悲，不能已。探懷中錢，持授交。入門見孤啼，索其母抱。徘徊空舍中，行復爾耳，棄置勿復道！

孤兒行

孤兒生，孤兒遇生命當獨苦。父母在時乘堅車，駕駟馬。父母已去，兄嫂令我行賈。南到九江，東到齊與魯，臘月來歸，不敢自言苦。頭多蟣蝨，面目多塵。大兄言辦飯，大嫂言視馬。上高堂行趣殿下堂，孤兒淚下如雨。使我朝行汲，暮得水來歸，手爲錯，足下無菲。愴愴履霜，中多蒺藜；拔斷蒺藜腸肉中愴欲悲。淚下渫渫，清涕纍纍。冬無複襦，夏無單衣。居生不樂，不如早去下從地下黃泉。春風動，草萌芽，三月蠶桑，六月收瓜。將是瓜車，來到還家。瓜車反覆，助我者少，啗瓜者多。願還我蔕，獨且急歸。兄與嫂嚴，當與較計。亂曰：里中一何譊譊，願欲寄尺書，將與地下父母，兄嫂難與久居。

像那樣深刻而婉曲的描敍，乃是上山採蘼蕪和十五從軍征等古詩裏所不見的；他們是率直的寫着；但在這二篇裏作者們已知道怎樣的曲曲的描寫入微了。這是一個大進步。

在楚調歌裏，只有皚如山上雪和怨詩行二篇。怨詩行是平常的一首嘆生命的短促而欲「遊心恣所欲」的詩曲。皚如山上雪卽是有名的白頭吟，晉書樂志所舉的「漢世街陌謠謳」之一。晉樂所奏的此曲，分五解，較本辭約多出一倍。但本辭卻是極淒麗的絕妙好辭。

> 皚如山上雪，皎若雲間月。聞君有兩意，故來相決絕。今日斗酒會，明旦溝水頭。躞蹀御溝上，溝水東西流。淒淒復淒淒，嫁娶不須啼。願得一心人，白頭不相離！竹竿何嫋嫋，魚尾何簁簁。男兒重意氣，何用錢刀爲？

於「相和歌辭」外，樂府古辭又有所謂舞曲歌辭及雜曲歌辭的。今存的舞曲歌辭像「鐸舞歌詩」「巾舞歌詩」均極不易解；其間有許多重複不可解處，當是有聲無義的助語，今則很難將其分別出來。

「雜曲歌辭」裏的好歌很多。有極輕蒨可喜的傷歌行、悲歌和古歌。傷歌行大類五言古詩的一篇；也許原是古詩，入樂來唱的。悲歌和古歌均結之以「心思不能言，腸中車輪轉」二語，正和有幾篇古詩同以『願爲雙黃鵠，高飛歸故鄉』二語作結的情形一樣。我們在這裏更可以明白民間歌曲是並不避忌襲用習見的成語的。

傷歌行

昭昭素明月，輝光燭我牀。憂人不能寐，耿耿夜何長！微風吹閨闥，羅帷自飄揚。攬衣曳長帶，屣履下高堂。東西安所之？徘徊以傍徨。春鳥翻南飛，翩翩獨翱翔。悲聲命儔匹，哀鳴傷我腸。感物懷所思，泣涕忽霑裳。佇立吐高吟，舒憤訴穹蒼。

悲歌

悲歌可以當泣，遠望可以當歸。思念故鄉，鬱鬱纍纍。欲歸家無人，欲渡河無船。心思不能言，腸中車輪轉。

古歌

秋風蕭蕭愁殺人！出亦愁，入亦愁。座中何人，誰不懷憂？令我白頭。胡地多飇風，樹木何修修？離家日趨遠，衣帶日趨緩。心思不能言，腸中車輪轉。

也有極富風趣的枯魚過河泣：

枯魚過河泣

枯魚過河泣，何時悔復及？作書與魴鱮，相教愼出入！

更有一首古代最長的敍事詩，古詩爲焦仲卿妻作：

古詩爲焦仲卿妻作

漢末建安中，廬江府小吏焦仲卿妻劉氏，爲仲卿母所遣，自誓不嫁，其家逼之，乃投水而死。仲卿聞之，亦自縊於庭樹。時人傷之，爲詩云爾。

孔雀東南飛，五里一裴徊；『十三能織素，十四學裁衣，十五彈箜篌，十六誦詩書，十七爲君婦，心中常苦悲。君旣爲府吏，守節情不移，賤妾留空房，相見常日稀。雞鳴入機織，夜夜不得息，三日斷五疋，大人故嫌遲。非爲織作遲，君家婦難爲。妾不堪驅使，徒留無所施。便可白公姥，及時相遣歸』！府吏得聞之，堂上啟阿母，『兒已薄祿相，幸復得此婦，結髮同枕席，黃泉共爲友。共事三二年，始爾未爲久，女行無偏斜，何意致不厚』？阿母謂府吏，『何乃太區區，此婦無禮節，舉動自專由。吾意久懷忿，汝豈得自由？東家有賢女，自名秦羅敷，可憐體無比，阿母爲汝求。便可速遣之！遣去愼莫留』！府吏長跪告，伏惟啟阿母，『今若遣此婦，終老不復取』！阿母得聞之，椎牀便大怒，『小子無所畏，何敢助婦語！吾已失恩義，會不相從許』。府吏默無聲，再拜還入戶。舉言謂新婦，哽咽不能語，『我自不驅卿，逼迫有阿母。卿但暫還家，吾今且報府。不久當歸還，還必相迎取，以此下心意，愼勿違我語』，新婦謂府吏，『勿復重紛紜！往昔初陽歲，謝家來貴門。奉事循公姥，進止敢自專？晝夜勤作息，伶俜縈苦辛，謂言無罪過，供養卒大恩。仍更被驅遣，何言復來還？妾有繡腰襦，葳蕤自生光，紅羅複斗帳，四角垂香囊。箱簾六七十，綠碧青絲繩，物物各自異，種種在其中。人賤物亦鄙，不足迎後人。留待作遣施，於今無會因。時時爲安慰，久久莫相忘』！雞鳴外欲曙，新婦起嚴妝，著我繡裌裙，事事四五通。足下躡絲履，頭上玳瑁光。腰若流紈素，耳著明月璫。指如削蔥根，口如含珠丹。纖纖作細步，精妙世無雙。上堂拜阿母，阿母怒不止。『昔作女兒時，生小出野里，本自無教訓，兼愧貴家子。受母錢帛多，不堪母驅使。今日還家去，念母勞家裏」。卻與小姑別，淚落連珠子，「新婦初來時，小姑始扶牀，今日被驅遣，小姑如我長。勤心養公姥，好自相扶將，初七及下九，嬉戲莫相忘」，出門登車去，涕落百餘行，府吏馬在前，新婦車在後，隱隱何甸甸，俱會大道口。下馬入車中，低頭共耳語，「誓不相隔卿，且暫還家去，吾今且赴府，不久當還歸，誓天不相負」！新婦謂府吏：「感君區區懷。君既若見錄，不久望君來。君當作盤石，妾當作蒲葦，蒲葦紉如絲，盤石無轉移。我有親父兄，性行暴如雷，恐不任我意，逆以煎我懷」。舉手長勞勞，二情同依依。入門上家堂，進退無顏儀，阿母大拊掌，「不圖子自歸！十三教汝織，十四能裁衣，十五彈箜篌，十六知禮儀，十七遣汝嫁，謂言無誓違。汝今何罪過，不迎而自歸」？蘭芝慚阿母，「兒實無罪過」。阿母大悲摧。還家十餘日，縣令遣媒來，云有「第三郎，窈窕世無雙，年始十八九，便言多令才」。阿母謂阿女，「汝可去應之」！阿女含淚答：「蘭芝初還時，府吏見丁寧，結誓不別離，今日違情義，恐此事非奇。自可斷來信，徐徐更謂之」。阿母白媒人：「貧賤有此女，始適還家門，不堪吏人婦，豈合令郎君！幸可廣問訊，不得便相許」。媒人去數日，尋遣丞請還，說有蘭家女，承籍有宦官。云有「第五郎，嬌逸未有婚，遣丞為媒人，主簿通語言，直說太守家，有此令郎君，既欲結大義，故遣來貴門」。阿母謝媒人，「女子先有誓，老姥豈敢言」。阿兄得聞之，悵然心中煩，舉言謂阿妹，「作計何不量？先嫁得府吏，後嫁得郎君，否泰如天地，足以榮汝身！不嫁義郎體，其往欲何云」？蘭芝仰頭答，「理實如兄言，謝家事夫壻，中道還兄門，處分適兄意，那得自任專？雖與府吏要，渠會永無緣。登卽相許和，便可作婚姻」。媒人下牀去，諾諾復爾爾，還部白府君。「下官奉使命，言談大有緣」。府君得聞之，心中大歡喜，視曆復開書，便利此月內，六合正相應，良吉三十日，今已二十七，卿可去成婚。交語速裝束，絡繹如浮雲，青雀白鵠舫，四角龍子幡，婀娜隨風轉，金車玉作輪。躑躅青驄馬，流蘇金縷鞍，齎錢三百萬，皆用青絲穿，雜綵三百疋，交廣市鮭珍。從人四五百，鬱鬱登郡門。阿母謂阿女，「適得府君書，明日來迎汝，何不作衣裳？莫令事不舉」。阿女默無聲，手巾掩口啼，淚落便如瀉。移我琉璃榻，出置前牕下，左手持刀尺，右手執綾羅，朝成繡裌裙，晚成單羅衫。晻晻日欲暝，愁思出門啼。府吏聞此變，因求假暫歸。未至二三里，摧藏馬悲哀。新婦識馬聲，躡履相逢迎，悵然遙相望，知是故人來。舉手拍馬鞍，嗟歎使心傷：『自君別我後，人事不可量，果不如先願，又非君所詳。我有親父母，逼迫兼弟兄，以我應他人，君還何所望』？府吏謂新婦：『賀卿得高遷！磐石方且厚，可以卒千年，蒲葦一時紉，便作旦夕間！卿當日勝貴，吾獨向黃泉』。新婦謂府吏：『何意出此言？同是被逼迫，君爾妾亦然。黃泉下相見，勿違今日言』！執手分道去，各各還家門，生人作死別，恨恨那可論！念與世間辭，千萬不復全。府吏還家去，上堂拜阿母：『今日大風寒，寒風摧樹木，嚴霜結庭蘭，兒今日冥冥，令母在後單，故作不良計，勿復怨鬼神，命如南山石，四體康且直』。阿母得聞之，零淚應聲落：『汝是大家子，仕宦於臺閣，愼勿爲婦死，貴賤有何薄？東家有賢女，窈窕豔城郭，阿母爲汝求，便復在旦夕』。府吏再拜還，長歎空房中，作計乃爾立。轉頭向戶裏，漸見愁煎迫。其日牛馬嘶，新婦入青廬，奄奄黃昏後，寂寂人定初，我命絕今日，魂去尸長留。攬裙脫絲履，舉身赴清池。府吏聞此事，心知長別離，徘徊庭樹下，自掛東南枝。兩家求合葬，合葬華山傍。東西植松柏，左右種梧桐，枝枝相覆蓋，葉葉相交通。中有雙飛鳥，自名爲鴛鴦，仰頭相向鳴，夜夜達五更。行人駐足聽，寡婦起彷徨。多謝後世人，戒之愼勿忘。

這一篇敍事歌曲凡一千七百四十五字，較之上山採蘼蕪、陌上桑，乃至悲憤詩和胡笳十八拍均長得多了。

從上山採蘼蕪，很快的便進步到陌上桑和婦病行、孤兒行，更很快的便進步到古詩爲焦仲卿妻作，乃是很自然的趨勢。很像滚丸下阪，不到底不止。

漢樂府尚有鼓吹鐃歌十八曲，這些該是很古典的廟堂之樂了。但實際上仍有民歌在裏面，像戰城南、有所思、上邪等，都是絕好的民間歌曲。有所思和上邪，在民間情歌裏是極大膽，極熱情之作：

戰城南

戰城南，死郭北。野死不葬烏可食。為我謂烏：且為客豪！野死諒不葬，腐肉安能去子逃？水聲激激，蒲葦冥冥。梟騎戰鬭死，駑馬裴徊鳴。梁築室，何以南？何以北？禾黍不穫君何食？願為忠臣安可得！思子良臣，良臣誠可思。朝行出攻，暮不夜歸。

有所思

有所思，乃在大海南。何用問遺君？雙珠玳瑁簪，用玉紹繚之。聞君有他心，拉雜摧燒之。摧燒之，當風揚其灰。從今已往，勿復相思，相思與君絕。雞鳴狗吠，兄嫂當知之。妃呼豨，秋風肅肅晨風颸，東方須臾高知之。

上邪

上邪，我欲與君相知，長命無絕衰。山無陵，江水為竭，冬雷震震，夏雨雪，天地合，乃敢與君絕。

八

漢代的俗文學在散文方面卻發展得極少。司馬遷作史記，善於描狀人物的神情口吻。最可注意的，是陳涉世家裏記着，陳涉的故人進宮去看見涉爲王的享用，便說道：

夥頤！涉之爲王沈沈者！

這是如聞其聲的描寫。

用方言來寫人物的對話最足以表現其神情。在小說裏用此而成功的有海上花列傳、三寶太監下西洋記和野叟曝言反而在對話裏大談其學問，大做其文章，當然要成爲十足陳腐的東西了。可惜在史記裏，像這樣的方言還不多。

漢宣帝的時候，有以辭賦起家的王褒（字子淵）卻在無意中流傳下來一篇很有風趣的俗文學的作品。——僮約。這篇東西恐怕是漢代留下的唯一的白話的游戲文章了。

僮約寫：王褒以事到湔，住在寡婦楊惠家；其奴便了，頗爲倔強。王褒命其酤酒，不應。乃買之。便了說道：『要做的事，都要寫在券上。不寫出的事，便了便不能做』。褒乃寫了這篇僮約。那趣味是很壞的，只是和不幸的人開着玩笑。好在本來是一篇游戲文章；故結之以便了說道：『早知當爾。爲王大夫酤酒，眞不敢作惡』！原是有韻的，其實是一篇『賦』。

蜀郡王子淵以事到湔，止寡婦楊惠舍。惠有夫時奴名便了。子淵倩奴行酤酒。便了拽大杖上夫冢巔曰：『大夫買便了時，但要守家，不要爲他人男子酤酒』。子淵大怒曰『奴甯欲賣耶？』惠曰『奴大忤人，無欲者』。子淵卽決買券云云。奴復曰『欲使皆上券，不上券便了不能爲也』。子淵曰：『諾』。

這是僮約的序。下面是僮約的本文，卽是王褒同便了訂的買奴的條件。

「神爵三年(西歷前五九)正月十五日，資中男子王子淵從成都安志里女子楊惠買亡夫時戶下髯奴便了，決賈萬五千。奴當從而役使，不得有二言。晨起早掃，食了洗滌。居當穿臼縛箒，裁衣鑿斗，……織履作麤，黏雀張烏，結網捕魚，繳雁彈鳧，登山射鹿，入水捕龜。……舍中有客，提壺行酤，汲水作餔，滌杯整桉，園中拔蒜，斷蘇切脯。……已而蓋藏，關門塞竇，餧猪縱犬，勿與隣里爭鬥。奴但常飯豆飲水，不得嗜酒，欲飲美酒，唯得染脣漬口，不復傾盂覆斗。不得辰出夜入，交關伴偶。舍後有樹，當裁作船，上至江州，下至湔；……往來都洛，當爲婦女求脂澤，販於小市，歸都擔枲，轉出旁蹉，牽犬販鵝，武都買茶，楊氏擔荷(楊氏，池名，出荷)。……持斧入山，斷輮裁轅，若有餘殘，當作俎几木屐彘盤。……日暮欲歸，當送乾薪兩三束。……奴老力索，種莞織席；事訖休息，當舂一石，夜半無事，浣衣當白。……奴不得有姦私，事事當關白，奴不聽教，當笞一百』。

讀券文適訖，詞窮詐索，仡仡叩頭，兩手自搏，目淚下落，鼻涕長一尺。『審如王大夫言，不如早歸黃土陌，丘蚓鑽額。早知當爾，爲王大夫酤酒，眞不敢作惡』！

參考書籍

一、樂府詩集，宋、郭茂倩編，有四部叢刊本。
二、古詩紀，明、梅鼎祚編，有萬曆間刊本。
三、古詩源，清、沈德潛編，坊刊本甚多。
四、全漢魏六朝詩，近人丁福保編，有醫學書局鉛印本。
五、白話文學史上卷，胡適著，商務印書館出版，可看其第二章至第六章。
六、插圖本中國文學史，鄭振鐸著，北平、樸社出版，（再版本爲商務印書館出版）可看第一册第六章及第八章。
七、中國詩史，陸侃如、馮沅君著，開明書店出版。
八、樂府文學史，羅根澤著。
九、中國文學流變史，鄭賓于著，北新書局出版。

第四章　六朝的民歌

一

六朝的民歌，有其特殊的地位。其地位較之明、清的民歌都重要得多。她像唐代的詞，元的散曲，立刻便得到許多文人學士們的擁護，立刻便被許多文人學士們所採納，立刻，這種新聲便有了廣大而普遍的影響。

有人說，六朝文學是『兒女情長，風雲氣短』。又說是，『連篇累牘，不出月露之形，積案盈箱，唯是風雲之狀』。爲什麼六朝文學會成爲這樣的一種風格呢？其主要的原因便是受民歌的影響。

六朝的民歌，從晉代的東遷開始，便在文壇上發生了很大的作用。

這些民歌大多數都是長江流域的產品。中原的人，遷到了江南，初時還有些故鄉的思念，故有新亭之泣，有起舞、擊楫之志。但到了後來，便安之樂之了。『暮春三月，江南草長雜花生樹，羣鶯亂飛』。『風煙俱淨，天山共色。從流飄蕩，任意東西。自富陽至桐廬一百許里，奇山異水，天下獨絕。水皆漂碧，千丈見底。遊魚細石，直視無礙』。在這樣的好風光、好鄉地裏，所產生的情緒自然而然的會輕蒨秀麗了。好女如花，柔情似水，能不沈醉於『相憶莫相忘』，『中夜憶歡時，抱被空中啼』，『春風復多情，吹我羅裳開』的歌聲裏麼？

二

六朝的民歌，總名爲『新樂府』，和漢、魏傳下來的樂府不同。因爲不復承漢、魏樂府的舊貫，而是從民間升格的，故別以新樂府稱之。在郭茂倩的樂府詩集和馮惟訥的古詩紀裏都把新樂府列入『淸商曲辭』裏，和漢、魏樂府之列於『相和曲辭』等類裏的不同。

爲什麼稱之爲『淸商曲辭』呢？

淸商樂一曰淸樂。關於『淸樂』的解釋頗多牽強者。但我以爲淸樂便是『徒歌』之意，換一句話，也就是不帶音樂的歌曲之意。

凡民歌，其初都是『行歌互答』未必伴以樂器的。

更有一個很重要的證據，可以證明這些清商曲辭是徒歌。大子夜歌云：

歌謠數百種，子夜最可憐。慷慨吐清音，明轉出天然。

又云：

絲竹發歌響，假器揚清音。不知歌謠妙，聲勢由口心。

這是說，『歌謠』是不假絲竹，而出心脫口自然成妙音的。大子夜歌只有二首，似卽爲子夜諸歌的總引子。未必是民歌的本來面目，大約是當時文士們寫來頌讚子夜諸歌的。其讚語的可靠性，是無可懷疑的。

在『清商曲辭』裏，有『吳聲歌曲』及『西曲歌』之分。『吳聲歌曲』者，爲吳地的歌謠，卽太湖流域的歌謠；其中充滿了曼麗宛曲的情調，淸辭俊語，連翩不絕，令人『情靈搖蕩』。（至今吳地山歌還爲很動人的東西）。

『西曲歌』，卽荆、楚西聲，也卽長江上流及中流的歌謠；其中往往具着旅遊的匆促的情懷。

我嘗有一種感覺，覺得吳聲歌曲富於家庭趣味，而西曲歌則富於賈人思婦的情趣。

這大約是因爲，太湖流域的人，多戀家而罕遠遊；且太湖裏港汊雖多，而多朝發可以夕至的地方。故其生活安定而少流動性。

長江中流荆、楚各地，爲碼頭所在。賈客過往極多。往往一別經年，相見不易。思婦情懷，自然要和吳地不同。

『淸商曲辭』的時代，恰和六朝相終始。馮惟訥謂：『淸商曲古辭雜出各代』而始於晉。這是不錯的。大約在東晉南渡之後，這些新聲方纔爲文人學士們所注意、所擬仿的。

三

『吳聲歌曲』以子夜歌爲最重要。唐書樂志謂：『晉有女子名子夜，造此聲。聲過哀苦』。樂府解題謂：「後人乃更為四時行樂之詞，謂之子夜四時歌。又有大子夜歌、子夜警歌、子夜變歌皆曲之變也」。今所見子夜歌和子夜四時歌等情趣極為相同。「聲過哀苦」之語實不可靠。子夜歌凡四十二首，幾乎沒有一首不好！

子夜歌

落日出前門，瞻矚見子度。治容多姿鬢，芳香已盈路。
芳是香所爲，冶容不敢當。天不奪人願，故使儂見郎。
宿昔不梳頭，絲髮被兩肩。婉伸郎膝下，何處不可憐！
自從別歡來，奩器了不開。頭亂不敢理，粉拂生黃衣。
崎嶇相怨慕，始獲風雲通。玉林語石闕，悲思兩心同。
見娘善容媚，願得結金蘭。空織無經緯，求匹理自難。
始欲識郎時，兩心望如一。理絲入殘機，何悟不成匹！
前絲斷纏綿，意欲結交情。春蠶易感化，絲子已復生。
今日已歡別，合會在何時？明燈照空局，悠然未有期。
自從別郎來，何日不咨嗟！黃檗鬱成林，當奈苦心多！

高山種芙蓉，復經黃蘗塢。果得一蓮時，流離嬰辛苦。

朝思出前門，暮思還後渚。語笑向誰道？腹中陰憶汝。

擘枕北窗臥，郎來就儂嬉。小喜多唐突，相憐能幾時？

駐箸不能食，蹇蹇步幃裏。投瓊著局上，終日走博子。

郎爲傍人取，負儂非一事。攡門不安橫，無復相關意。

年少當及時，蹉跎日就老。若不信儂語，但看霜下草。

綠攬迮題錦，雙裙今復開。已許腰中帶，誰共解羅衣？

常慮有貳意，歡今果不齊。枯魚就濁水，長與清流乖。

歡愁儂亦慘，郎笑我便喜。不見連理樹，異根同條起？

感歡初殷勤，歎子後遼落。打金側瑇瑁，外豔裏懷薄。

別後涕流連，相思情悲滿。憶子腹糜爛，肝腸尺寸斷。

道近不得數，遂致盛寒違。不見東流水，何時復西歸？

誰能思不歌？誰能饑不食？日冥當戶倚，惆悵底不憶？

擘裙未結帶，約眉出前窗。羅裳易飄颺，小開罵春風。

舉酒待相勸，酒還盃亦空。願因微觴會，心感色亦同。

夜覺百思纏，憂歎涕流襟。徒懷傾筐情，郎誰明儂心！

儂年不及時，其於作乖離。素不知浮萍，轉動春風移。
夜長不得眠，轉側聽更鼓。無故歡相逢，使儂肝腸苦。
歡從何處來，端然有憂色？三喚不一應，有何比松柏？
念愛情慊慊，傾倒無所惜。重簾持自鄣，誰知許厚薄！
氣清明月朗，夜與君共嬉。郎歌妙意曲，儂亦吐芳詞。
驚風急素柯，白日漸微濛。郎懷幽閨性，儂亦恃春容。
夜長不得眠，明月何灼灼！想聞散喚聲，虛應空中諾。
人各既疇匹，我志獨乖違。風吹冬簾起，許時寒薄飛。
我念歡的的，子行由豫情。霧露隱芙蓉，見蓮不分明。
儂作北辰星，千年無轉移。歡行白日心，朝東暮還西。
憐歡好情懷，移居作鄉里。桐樹生門前，出入見梧子。
遣信歡不來，自往復不出。金桐作芙蓉，蓮子何能實！
初時非不密，其後日不如。回頭批櫛脫，轉覺薄志疏。
寢食不相忘，同坐復俱起。玉藕金芙蓉，無稱我蓮子。
恃愛如欲進，含羞未肯前。朱口發豔歌，玉指弄嬌弦。
朝日照綺錢，光風動紈素。巧笑蒨兩犀，美目揚雙蛾。

這些民歌都是很可信的出於民間的。在山明水秀的江南產生着這樣漂亮的情歌並不足驚奇。所可驚奇的是，他們的想像有的地方，較之近代的掛枝兒，山歌以及馬頭調，更爲宛曲而奔放，其措辭造語，較之詩經裏的情詩，尤爲温柔敦厚；只有深情綺膩，而沒有一點粗獷之氣；只有綺思柔語，而絕無一句下流卑汚的話。不像山歌、掛枝兒等，有的地方甚且在赤裸裸的描寫性慾。這裏是只有温柔而沒有挑撥，只有羞卻與懷念而沒有過分大膽的沈醉。故她們和後來的許多民歌不同，她們是綺靡而不淫蕩的。她們是少女而不是蕩婦。

又有子夜四時歌，凡七十五首，也是沒有一首不圓瑩若明珠的。四時歌分春、夏、秋、冬，比較的寫得沒有子夜歌的天然流麗了。其中有一部分當是文人們的擬作。故論者歸之於晉、宋、齊三代，而不全屬之於晉。

在那七十五首的子夜四時歌裏，像冬歌的『果欲結金蘭，但看松柏林。經霜不墮地，歲寒無異心』一首，原爲梁武帝作，則其中也儘有梁代之作在內了。

子夜四時歌

春歌二十首

春風動春心，流目矚山林。山林多奇采，陽鳥吐清音。
綠荑帶長路，丹椒重紫荆。流吹出郊外，共歡弄春英。
光風流月初，新林錦花舒。情人戲春月，窈窕曳羅裙。
妖冶顏蕩駘，景色復多媚。溫風入南牖，織婦懷春意。
碧樓冥初月，羅綺垂新風。含春未及歌，桂酒發清容。
杜鵑竹裏鳴，梅花落滿道。燕女遊春月，羅裳曳芳草。
朱光照綠苑，丹華粲羅星。那能閨中繡，獨無懷春情？
鮮雲媚朱景，芳風散林花。佳人步春苑，繡帶飛紛葩。
羅裳迮紅袖，玉釵明月璫。冶遊步春露，豔覓同心郎。
春林花多媚，春鳥意多哀。春風復多情，吹我羅裳開。
新燕弄初調，杜鵑競晨鳴。畫眉忘注口，遊步散春情。
梅花落已盡，柳花隨風散。歎我當春年，無人相要喚。
昔別鴈集渚，今還燕巢梁。敢辭歲月久，但使逢春陽。
春園花就黃，陽池水方淥。酌酒初滿杯，調絃始成曲。

娉婷揚袖舞，阿那曲身輕。照灼爛光在，容冶春風生。

阿那曜姿舞，逶迤唱新歌。翠衣發華洛，回情一見過。

明月照桂林，初花錦繡色。誰能不相思，獨在機中織？

崎嶇與時競，不復自顧慮。春風振榮林，常恐華落去。

思見春花月，含笑當道路。逢儂多欲擿，可憐持自誤。

自從別歡後，歎惜不絕響。黃蘗向春生，苦心隨日長。

夏歌二十首

高堂不作壁，招取四面風。吹歡羅裳開，動儂含笑容。

反覆華簟上，屏帳了不施。郎君未可前，待我整容儀。

開春初無歡，秋冬更增凄。共戲炎暑月，還覺兩情諧。

春別猶眷戀，夏還情更久。羅帳爲誰褰？雙枕何時有？

疊扇放牀上，企想遠風來。輕袖拂華妝，窈窕登高臺。

含桃已中食，郎贈合歡扇。深感同心意，蘭室期相見。

田蠶事已畢，思婦猶苦身。當暑理絺服，持寄與行人。

朝登涼臺上，夕宿蘭池裏。乘風採芙蓉，夜夜得蓮子。

暑盛靜無風，夏雲薄暮起。攜手密葉下，浮瓜沈朱李。

鬱蒸仲暑月，長嘯北湖邊。芙蓉始結葉，拋豔未成蓮。

適見載青幡，三春已復傾。林鵲改初調，林中夏蟬鳴。

春桃初發紅，惜色恐儂擿。朱夏花落去，誰復相尋覓？

昔別春風起，今還夏雲浮。路遙日月促，非是我淹留。

青荷蓋淥水，芙蓉葩紅鮮。郎見欲採我，我心欲懷蓮。

四周芙蓉池，朱堂敞無壁。珍簟鏤玉牀，繾綣任懷適。

赫赫盛陽月，無儂不握扇，窈窕瑤臺女，冶遊戲涼殿。

春傾桑葉盡，夏開蠶務畢。晝夜理機絲，知欲早成匹。

情知三夏熱，今日偏獨甚。香巾拂玉席，共郎登樓寢。

輕衣不重綵，飈風故不涼。三伏何時過？許儂紅粉妝。

盛暑非遊節，百慮相纏綿。汎舟芙蓉湖，散思蓮子間。

秋歌十八首

風清覺時涼，明月天色高。佳人理寒服，萬結砧杵勞。

清露凝如玉，涼風中夜發。情人不還臥，冶遊步明月。

鴻雁搴南去，乳燕指北飛。征人難爲思，願逐秋風歸。
開窗秋月光，滅燭解羅裳。含笑帷幌裏，舉體蘭蕙香。
適憶三陽初，今已九秋暮。追逐泰始樂，不覺華年度。
飄飄初秋夕，明月耀秋輝。握腕同遊戲，庭含媚素歸。
秋夜涼風起，天高星月明。蘭房競妝飾，綺帳待雙情。
涼風開窗寢，斜月垂光照。中宵無人語，羅幌有雙笑。
金風扇素節，玉露凝成霜。登高去來雁，惆悵客心傷。
草木不常榮，顦顇爲秋霜。今遇泰始世，年逢九春陽。
自從別歡來，何日不相思！常恐秋葉零，無復連條時。
掘作九州池，盡是大宅裏。處處種芙蓉，婉轉得蓮子。
初寒八九月，獨纏自絡絲。寒衣尚未了，郎喚儂底爲？
秋愛兩兩雁，春感雙雙燕。蘭鷹接野雞，雉落誰當見？
仰頭看桐樹，桐花特可憐。願天無霜雪，梧子解千年。
白露朝夕生，秋風淒長夜。憶郎須寒服，乘月擣白素。
秋風入窗裏，羅帳起飄颺。仰頭看明月，寄情千里光。
別在三陽初，望還九秋暮。惡見東流水，終年不西顧。

冬歌十七首

淵冰厚三尺，素雪覆千里。我心如松柏，君情復何似？

塗澀無人行，冒寒往相覓。若不信儂時，但看雪上跡。

寒鳥依高樹，枯林鳴悲風。爲歡顦顇盡，那得好顏容！

夜半冒霜來，見我輒怨唱。懷冰闇中倚，已寒不蒙亮。

躡履步荒林，蕭索悲人情。一唱泰始樂，枯草銜花生。

昔別春草綠，今還墀雪盈。誰知相思老，玄鬢白髮生？

寒雲浮天凝，積雪冰川波。連山結玉巖，脩庭振瓊柯。

炭鑪却夜寒，重袍坐疊褥。與郎對華榻，弦歌秉蘭燭。

天寒歲欲暮，朔風舞飛雪。懷人重衾寢，故有三夏熱。

冬林葉落盡，逢春已復曜。葵藿生谷底，傾心不蒙照。

朔風灑霰雨，綠池蓮水結。願歡攘皓腕，共弄初落雪。

嚴霜白草木，寒風晝夜起。感時爲歡歎，霜鬢不可視。

何處結同心？西陵柏樹下。晃蕩無四壁，嚴霜凍殺我。

白雪停陰岡，丹華耀陽林。何必絲與竹，山水有清音。

未嘗經辛苦，無故彊相矜。欲知千里寒，但看井水冰。
果欲結金蘭，但看松柏林。經霜不墮地，歲寒無異心。
適見三陽日，寒蟬已復鳴。感時爲歡歎，白髮綠鬢生。

尚有大子夜歌二首（見前），子夜警歌二首，子夜變歌三首。但子夜警歌裏的一首『恃愛如欲進，含羞未肯前』，已見於上文引的子夜歌裏。在以子夜爲名的一百二十四首（實際上只有一百二十三首）民歌裏，其情調是很單純的，不過是戀愛的歌頌而已。但超出於一般中國民歌的惡習之外，她們是肉的成分少，而靈的成分多。連陶淵明的閒情賦也還寫得那末質實而富肉的感覺，想不到在六朝民歌裏，反有像『寄情千里光』，『無人相要喚』，『虛應空中諾』，『悲思兩同心』一類的情思綿遠的東西！

子夜變歌的三首，也沒有一首寫得不漂亮的：

人傳歡負情，我自未嘗見。三更開門去，始知子夜變！
歲月如流邁，春盡秋已至。熒熒條上花，零落何乃駛？
歲月如流邁，行已及素秋。蟋蟀吟堂前，惆悵使儂愁。

子夜歌外，存曲最多者，又有讀曲歌，凡存八十九首。宋書樂志曰：『讀曲歌者，民間為彭城王義康所作也。其歌云：「死罪劉領軍，誤殺劉第四」是也』。古今樂錄曰：『讀曲歌者，元嘉十七年袁后崩，百官不敢作聲歌，或因酒讌，只竊聲讀曲細吟而已』。這些話都不大可靠。那八十九首的讀曲歌，其題材和情調和四十二首的子夜歌沒有兩樣，都是很漂亮的民間歌謠，根本上和什麼劉義康，或袁后不相干。

讀曲歌八十九首

花釵芙蓉髻，雙鬢如浮雲。春風不知著，好來動羅裙。

念子情難有，已惡動羅裙。聽儂入懷不？

紅藍與芙蓉，我色與歡敵。莫案石榴花，歷亂聽儂摘。

千葉紅芙蓉，照灼綠水邊。餘花任郎摘，慎莫罷儂蓮。

思歡久，不愛獨枝蓮，只惜同心藕。

打壞木棲牀，誰能坐相思？三更書石闕，憶子夜啼碑。

奈何不可言！朝看莫牛跡，知是宿蹄痕。

娑拖何處歸？道逢播掿郎。口朱脫去盡，花釵復低昂。

所歡子，蓮從胸上度，刺憶庭欲死。

攬裳渡，跣把絲織履，故交白足露。

上知所，所歡不見憐，憎狀從前度。

思難忍，絡㬹語猶壺，倒寫儂頓盡。

上樹摘桐花，何悟枝枯燥！迢迢空中落，遂爲梧子道。

桐花特可憐，願天無霜雪，梧子解千年。

柳樹得春風，一低復一昂。誰能空相憶，獨眠度三陽？

折楊柳，百鳥園林啼，道歡不離口。

縠衫兩袖裂，花釵鬢邊低。何處分別？歸西上古餘啼。

所歡子，不與他人別，啼是憶郎耳。

披被樹明燈，獨思誰能忍？欲知長寒夜，蘭燈傾壺盡。

坐起歎汝好，願他甘叢香，傾筐入懷抱。

通髮不可料，顦顇爲誰睹？欲知相憶時，但看裙帶緩幾許。

憶歡不能食，徘徊三路間，因風覓消息。

朝日光景開，從君良燕遊。願如卜者策，長與千歲龜。

所歡子，問春花可憐，摘插裲襠裏。

芳萱初生時，知是無憂草。雙眉畫未成，那能就郎抱！

百花鮮。誰能懷春日，獨入羅帳眠？

聞歡得新儂，四支愜如垂。鳥散放行路，井中百翅不能飛。

憐歡敢喚名，念歡不呼字。連喚歡復歡，兩誓不相棄。

奈何許，石闕生口中，銜碑不得語！

白門前，烏帽白帽來。白帽郎是儂，不知烏帽郎是誰？

初陽正二月，草木鬱青青。躡履步前園，時物感人情。

青幡起御路，綠柳蔭馳道。歡贈玉樹箏，儂送千金寶。

桃花落已盡，愁思猶未央。春風難期信，託情明月光。

計約黃昏後，人斷猶未來。聞歡開方局，已復將誰期？

自從別郎後，臥宿頭不舉。飛龍落藥店，骨出只為汝。

日光沒已盡，宿鳥縱橫飛。徙倚望行雲，蹀躞待郎歸。

百度不一回，千書信不歸。春風吹楊柳，華豔空徘徊。

音信闊弦朔，方悟千里遙。朝霜語白日，知我為歡消。

合冥過藩來，向曉開門去。歡取身上好，不為儂作慮。

五鼓起開門，正見歡子度。何處宿行還，衣被有霜露？

本自無此意，誰交郎舉前？視儂轉邁邁，不復來時言。
自我別歡後，歡音不絕響。茱萸持捻泥，龕有殺子像。
家貧近店肆，出入引長事。郎君不浮華，誰能呈實意？
念日行不遇，道逢播掿郎。查滅衣服壞，白肉亦黯瘡。
歔欷闇中啼，斜日照帳裏。無油何所苦？但使天明爾。
黃絲咡素琴，汎彈弦不斷。百弄任郎作，唯莫廣陵散。
思歡不得來，抱被空中語。月沒星不亮，持底明儂緒？
詐我不出門，冥就他儂宿。鹿轉方相頭，丁倒欺人目。
歡但且還去，遣信相參伺。契兒向高店，須臾儂自來。
欲行一過心，誰我道相憐？摘菊持飲酒，浮華著口邊。
語我不遊行，常常走巷路。敗橋語方相，欺儂那得度？
闊面行負情，詐我言端的。畫背作天圖，子將負星歷。
君行負憐事，那得厚相於？麻紙語三葛，我薄汝麤疎。
黃天不滅解，甲夜曙星出。漏刻無心腸，復令五更畢。
打殺長鳴雞，彈去烏臼鳥。願得連冥不復曙，一年都一曉。
空中人，住在高檣深閤裏。書信了不通，故使風往爾。

儂心常慊慊，歡行由豫情。霧露隱芙蓉，見蓮詎分明。

非歡獨慊慊，儂意亦驅驅。雙燈俱時盡，奈許兩無由！

誰交彊纏綿？常持罷作慮。作生隱藕葉，蓮儂在何處？

相憐兩樂事，黃作無趣怒。合散無黃連，此事復何苦！

誰交彊纏綿，常持罷作意。走馬織懸簾，薄情奈當駛。

執手與歡別，合會在何時？明燈照空局，悠然未有期。

百憶卻欲噫，兩眼常不燥。蕃師五鼓行，離儂何太早！

含笑來向儂，一抱不能置。領後千里帶，那頓誰多媚？

歡相憐，今去何時來？裲襠別去年，不忍見分題。

歡相憐，題心共飲血。流頭入黃泉，分作兩死計。

嬌笑來向儂，一抱不能已。湖燥芙蓉萎，蓮汝藕欲死。

歡心不相憐，慊苦竟何已！芙蓉腹裏萎，蓮汝從心起。

下帷掩燈燭，明月照帳中。無油何所苦？但使天明儂。

執手與歡別，欲去情不忍。餘光照已藩，坐見離日盡。

種蓮長江邊，藕生黃蘗浦。必得蓮子時，流離經辛苦。

人傳我不虛，實情明把納。芙蓉萬層生，蓮子信重沓。

聞乖事難懷，況復臨別離。伏龜語石板，方作千歲碑。
鈐邊與時競，不得尋傾慮。春風扇芳條，常念花落去。
坐倚無精魂，使我生百慮。方局十七道，期會是何處？
暫出白門前，楊柳可藏烏。歡作沈水香，儂作博山鑪。
十期九不果，常抱懷恨生。然燈不下炷，有油那得明？
自從近日來，了不相尋博。竹簾裲襠題，知子心情薄。
下帷燈火盡，朗月照懷裏。無油何所苦，但令天明爾。
近日蓮違期，不復尋博子。六籌翻雙魚，都成罷去已。
一夕就郎宿，通夜語不息。黃蘗萬里路，道苦眞無極。
登店賣三葛，郎來買丈餘。合匹與郎去，誰解斷麤疎！
儂亦粗經風，罷頓葛帳裏，敗許麤疎中。
紫草生湖邊，悞落芙蓉裏。色分都未獲，空中染蓮子。
閨閤斷信使，的的兩相憶。譬如水上影，分明不可得！
逍遙待曉分，轉側聽更鼓。明月不應停，特爲相思苦！
罷去四五年，相見論故情。殺荷不斷藕，蓮心已復生。
辛苦一朝歡，須臾情易厭。行膝點芙蓉，深蓮非骨念。

憐苦憶儂歡，書作後非是。五果林中度，見花多憶子。

讀曲歌的形式很凌亂，多數是五言的四句；這和子夜歌相同；但也有五言的三句組成的；也有以一句三言兩句或三句的五言組成的；甚至雜有一二句的七言的。我很懷疑這八十九首的讀曲歌原來不是一個曲調。讀曲歌或者便是一種『徒歌』的總稱；故其中曲調不是一律相同的。

此外，尚有上聲歌八首，歡聞歌一首，歡聞變歌六首，前溪歌七首，阿子歌三首，團扇郎七首，七日夜女郎歌九首，長史變歌三首，黃生曲三首，黃鵠曲四首，桃葉歌四首，長樂佳八首，歡好曲三首，懊儂歌十四首，黃竹子歌一首，江陵女歌一首，神絃歌十一首（按神絃歌爲總名，實共十一調，十八首）碧玉歌六首，華山畿二十五首；這些都是屬於『吳聲歌曲』的。

其中惟懊儂歌及華山畿最爲重要。懊儂歌十四首，古今樂錄云：『晉石崇綠珠所作，唯「絲布澀難縫」一曲而已。後皆隆安初民間訛謠之曲』。今讀『絲布澀難縫』一曲：

絲布澀難縫，令儂十指穿。黃牛細犢車，遊戲出孟津。

仍是民謠，不會是石崇、綠珠所作的。其他十三首，也沒有一首不是很好的民間情歌：

江中白布帆，烏布禮中帷。潭如陌上鼓，許是儂歡歸。

江陵去揚州，三千三百里。已行一千三，所有二千在。

寡婦哭城頹，此情非虛假。相樂不相得，抱恨黃泉下。

內心百際起，外形空殷勤。既就頹城感，敢言浮花言。

我與歡相憐，約誓底言者。常歎負情人，郎今果成詐。

我有一所歡，安在深閤裏。桐樹不結花，何有得梧子！

長檣鐵鹿子，布帆阿那起。詫儂安在間，一去三千里。

暫薄牛渚磯，歡不下廷板。水深沾儂衣，白黑何在浣。

愛子好情懷，傾家料理亂。攬裳未結帶，落托行人斷。

月落天欲曙，能得幾時眠？悽悽下牀去，儂病不能言。

髮亂誰料理？托儂言相思。還君華豔去，催送實情來。

山頭草，歡少四面風，趨使儂顛倒。

懊惱奈何許！夜聞家中論，不得儂與汝。

華山畿凡二十五首。古今樂錄云：『華山畿者，宋少帝時懊惱一曲，亦變曲也。少帝時，南徐一士子從華山畿往雲陽。見客舍有女子年十八九。悅之，無因。遂感心疾。母問其故。具以啓母。母爲至華山尋訪，見女具說。女聞，感之。因脫蔽膝令母密置其席下，臥之當已。少日，果差。忽舉席，見蔽膝而抱持。遂吞食而死。氣欲絕，謂母曰：葬時，車載從華山度。母從其意。比至女門，牛不肯前，打拍不動。女曰：且待須臾。妝點沐浴，既而出歌曰：華山畿，君既爲儂死，獨活爲誰施？歡若見憐時，棺木爲儂開。棺應聲開，女遂入棺。家人叩打，無如之何。乃合葬，呼曰：神女冢」。這當然是一段神話，顯然是從韓朋妻的故事演化而來的。

華山畿二十五首

華山畿，君既爲儂死，獨活爲誰施？歡若見憐時，棺木爲儂開。

聞歡大養蠶，定得幾許絲。所得何足言，奈何黑瘦爲！

夜相思，投壺不得箭，憶歡作嬌時。

開門枕水渚，三刀治一魚，歷亂傷殺汝。

未敢便相許，夜聞儂家論，不持儂與汝。

懊惱不堪止，上牀解要繩，自經屏風裏。

啼著曙，淚落枕將浮，身沈被流去。

將懊惱，石闕晝夜題，碑淚常不燥。
別後常相思，頓書千丈闕，題碑無罷時。
奈何許！所歡不在間，嬌笑向誰緒？
隔津歡，牽牛語織女，離淚溢河漢。
啼相憶，淚如漏刻水，晝夜流不息。
著處多遇羅，的的往年少，豔情何能多？
無故相然我，路絕行人斷，夜夜故望汝。
一坐復一起，黃昏人定後，許時不來已。
摩可濃，巷巷相羅截，終當不置汝。
不能久長離，中夜憶歡時，抱被空中啼。
腹中如湯灌，肝腸寸寸斷，教儂底聊賴，
相送勞勞渚，長江不應滿，是儂淚成許。
奈何許！天下人何限，慊慊只爲汝！
郎情難可道，歡行豆挾心，見荻多欲繞。
松上蘿，願君如行雲，時時見經過。
夜相思，風吹窻簾動，言是所歡來。

長鳴雞，誰知儂念汝？獨向空中啼！

腹中如亂絲，憒憒適得去，愁毒已復來。

這二十五首的民歌，只有頭一篇是有關『華山畿』的故事的，其餘都是子夜、讀曲的同儔；而有的歌像，『腹中如湯灌，肝腸寸寸斷，』較子夜、讀曲尤爲潑辣深切。

在吳聲歌曲裏還有碧玉歌數首，寫得也很可愛。

碧玉歌

碧玉破瓜時，郎爲情顚倒。芙蓉陵霜榮，秋容故尙好。

碧玉小家女，不敢攀貴德。感郎千金意，慚無傾城色。

碧玉小家女，不敢貴德攀。感郎意氣重，遂得結金蘭。

同前二首

碧玉破瓜時，相爲情顚倒。感郎不羞郎，回身就郎抱。

杏梁日始照，蕙席歡未極。碧玉奉金杯，淥酒助花色。

同前

碧玉上宮妓，出入千花林。珠被玳瑁牀，感郎情意深。

四

『西曲歌』爲『荊、楚西聲。』其句法的結構和吳聲歌曲大致相同。其中重要的歌調，有三洲歌、採桑度、靑陽度、孟珠、石城樂、莫愁樂、烏夜啼、襄陽樂等。其題材也是以戀愛爲主，其情調也是充滿了別離相思之感，其作風也綺靡秀麗的。惟像『布帆百餘幅，環環在江津』那樣的情景，卻是在吳聲歌曲裏找不到的。

如果再仔細的把西曲歌多讀一下，便可以發見因了地理環境的不同，他們和吳聲歌曲之間顯然是有了很不同的區別的。

三洲歌

送歡板橋灣，相待三山頭。遙見千幅帆，知是逐風流。
風流不暫停，三山隱行舟。願作比目魚，隨歡千里遊。
湘東酃醁酒，廣州龍頭鐺。玉樽金鏤椀，與郎雙杯行。

像這樣的廣泛的闊大的趣味，在吳聲歌曲裏是沒有的。

又像採桑度的七首：

蠶生春三月，春桑正含綠。女兒採春桑，歌吹當春曲。

冶遊採桑女，盡有芳春色。姿容應春媚，粉黛不加飾。

繫條採春桑，採葉何紛紛！採桑不裝鉤，牽壞紫羅裙。

語歡稍養蠶，一頭養百塸。奈當黑瘦盡，桑葉常不周。

春月採桑時，林下與歡俱。養蠶不滿百，那得羅繡襦！

採桑盛陽月，綠葉何翩翩。攀條上樹表，牽壞紫羅裙。

僞蠶化作繭，爛熳不成絲。徒勞無所獲，養蠶特底爲？

其作風便比較的直捷了；那些情緒已不是『戀愛』『相思』所能範圍得住；那些話已變成了採桑女的呼籲之聲；所描寫的已是蠶家的生活而不是相戀的情緒了。

青陽度

隱機倚不織，尋得爛熳絲。成匹郎莫斷，憶儂經絞時。

碧玉擣衣砧，七寶金蓮杵。高舉徐徐下，輕擣只爲汝。

青荷蓋綠水，芙蓉披紅鮮。下有並根藕，上生並頭蓮。

這幾首卻是子夜的同類。

像安東平和女兒子，其句子的結構卻變化得很多了。

安東平

凄凄烈烈，北風爲雪。船道不通，步道斷絕。
吳中細布，闊幅長度。我有一端，與郎作袴。
微物雖輕，拙手所作。餘有三丈，爲郎別厝。
制爲輕巾，以奉故人。不持作好，與郎拭塵。
東平劉生，復感人情，與郎相知，當解千齡。

女兒子

巴東三峽猿鳴悲，夜鳴三聲淚沾衣。
我欲上蜀蜀水難，蹋蹀珂頭腰環環。

這些是四言和七言的，在西曲歌裏也很罕見。最多的還是五言的。底下的幾個曲調差不多全都是五言的。

那呵灘

我去只如還，終不在道邊。我若在道邊，良信寄書還。

沿江引百丈，一濡多一艇。上水郎擔篙，何時至江陵？

江陵三千三，何足特作遠？書疏數知聞，莫令信使斷。

聞歡下揚州，相送江津彎。願得篙櫓折，交郎到頭還。

篙折當更覓，櫓折當更安。各自是官人，那得到頭還！

百思纏中心，顦顇為所歡。與子結終始，折約在金蘭。

這幾首也是充滿了賈客的別離之感，充滿了水鄉的情緒的。孟珠裏的第二、第六、第八的幾首寫得漂亮極了：

孟珠

人言孟珠富，信實金滿堂。龍頭銜九花，玉釵明月璫。

陽春二三月，草與水同色。攀條摘香花，言是歡氣息。

人言春復著，我言未渠央。暫出後湖看，蒲菰如許長。

揚州石榴花，摘插雙襟中。葳蕤當憶我，莫持豔他儂！
陽春二三月，草與水同色。道逢遊冶郎，恨不早相識！
望歡四五年，實情將懊惱。願得無人處，回身與郎抱。
陽春二三月，正是養蠶時。那得不相怨，其再許儂來！
將歡期三更，合冥歡如何？走馬放蒼鷹，飛馳赴郎期。
適聞梅作花，花落已成子。杜鵑繞林啼，思從心上起。
可憐景陽山，苕苕百尺樓。上有明天子，麟鳳戲中州。

石城樂和莫愁樂二曲都是石城（在竟陵）那個地方的民歌。莫愁樂的第二首『江水斷不流』寫得異常的大膽。

石城樂

生長石城下，開窗對城樓。城中諸少年，出入見依投。
陽春百花生，摘插環髻前。捥指蹋忘愁，相與及盛年。
布帆百餘幅，環環在江津。執手雙淚落，何時見歡還？
大艑載三千，漸水丈五餘。水高不得渡，與歡合生居。
聞歡遠行去，相送方山亭。風吹黃蘗藩，惡聞苦籬聲。

莫愁樂

莫愁在何處？莫愁石城西。艇子打兩槳，催送莫愁來。

聞歡下揚州，相送楚山頭。探手抱腰看，江水斷不流。

烏夜啼凡八曲。相傳烏夜啼爲宋臨川王劉義慶（一作彭城王義康）所作。但審這八曲的口氣卻全是民歌，和義慶的故事毫不相涉。

烏夜啼

歌舞諸少年，娉婷無種迹。菖蒲花可憐，聞名不曾識。

長檣鐵鹿子，布帆阿那起。詫儂安在間，一去數千里。

辭家遠行去，儂歡獨離居。此日無啼音，裂帛作還書。

可憐烏臼鳥，彊言知天曙。無故三更啼，歡子冒闇去。

烏生如欲飛，飛飛各自去。生離無安心，夜啼至天曙。

籠窻窻不開，蕩戶戶不動。歡下葳蕤籥，交儂那得往。

遠望千里煙，隱當在歡家。欲飛無兩翅，當奈獨思何！

巴陵三江口，蘆荻齊如麻。執手與歡別，痛切當奈何。

的創作。襄陽樂雖然相傳是宋、隨王誕所作，但也完全是民歌的風度，是子夜、讀曲的流亞，不會是個人的創作。

襄陽樂

朝發襄陽城，暮至大堤宿。大堤諸女兒，花豔驚郎目。
上水郎擔篙，下水搖雙櫓，四角龍子幡，環環江當柱。
江陵三千三，西塞陌中央。但問相隨否，何計道里長。
人言襄陽樂，樂作非儂處。乘星冒風流，還儂揚州去。
爛熳女蘿草，結曲繞長松。三春雖同色，歲寒非處儂。
黃鵠參天飛，中道鬱徘徊。腹中車輪轉，歡今定憐誰？
揚州蒲鍛環，百錢兩三叢。不能買將還，空手攬抱儂。
女蘿自微薄，寄託長松表。何惜負霜死，貴得相纏繞。
惡見多情歡，罷儂不相語。莫作烏集林，忽如提儂去。

壽陽樂的句法較爲變動。其第三、第六及第八首，都是絕妙好辭。

壽陽樂

可憐八公山，在壽陽，別後莫相忘。
東臺百餘尺，凌風雲，別後不忘君。
梁長曲水流，明如鏡，雙林與郎照。
辭家遠行去，空爲君，明知歲月駛。
籠窗取涼風，彈素琴，一歎復一吟。
夜相思，望不來。人樂我獨愁！
長淮何爛熳，路悠悠，得當樂忘憂。
上我長瀨橋，望歸路，秋風停欲度。
銜淚出傷門，壽陽去，必還當幾載。

西烏夜飛相傳爲宋沈攸之舉兵發荊州東下，未敗之前，思歸京師所作。這話也是毫無根據的。

西烏夜飛

日從東方出，團團雞子黃。夫婦恩情重，憐歡故在傍。
暫請半日給，徙倚娘店前。目作宴瑱飽，腹作宛惱饑。
我昨憶歡時，攬刀持自刺。自刺分應死，刀作離樓僻。
陽春二三月，諸花盡芳盛。持底喚歡來，花笑鶯歌詠。

感郎崎嶇情，不復自顧慮。臂繩雙入結，遂成同心去。

其中第二首『蹔請半日給』所寫的情景，是六朝樂府裏所未有同儔的。

五

又有梁鼓角橫吹曲，那是受了胡曲影響之作，和吳聲歌曲及西曲歌完全異其情趣。晉書、樂志：『橫吹有鼓角，又有胡角，即胡樂也』。其來源，據相傳的話，可追溯到漢武帝時代。但我以爲這些胡曲的輸入時代，最可靠的還是五胡亂華的那個時期。至於有歌辭可見的則惟在梁代。

在梁鼓角橫吹曲裏，以企喻歌、紫騮馬歌辭、隴頭流水歌、隔谷歌、折楊柳歌辭、幽州馬客吟歌辭等爲最可注意。其中不盡是思婦懷人之曲了；不盡是綺靡之音了；卽有戀歌，其作風也和子夜、讀曲、三洲等歌曲大殊。他們是充滿了北地的景色和風趣的。

企喻歌凡四曲，都是訴說北方健兒的心意的：

男兒欲作健，結件不須多。鷂子經天飛，羣雀兩向波。

放馬大澤中，草好馬著臕。牌子鐵裲襠，鈺鉾鸐尾條。
前行看後行，齊著鐵裲襠。前頭看後頭，齊着鐵鈺鉾。
男兒可憐蟲，出門懷死憂。尸喪狹谷中，白骨無人收。

紫騮馬歌辭有一部分是漢辭。但像：

燒火燒野田，野鴨飛上天。童男娶寡婦，壯女笑殺人。
高高山頭樹，風吹葉落去。一去數千里，何當還故處？

隴頭流水歌寫飄零道路之苦，極爲深刻，那是南方旅人所未曾經歷過的。

隴頭流水，流離西下。念吾一身，飄然曠野。
西上隴阪，羊腸九回。山高谷深，不覺腳酸。

隴頭歌辭恐便是流水歌的同調或變調：

隴頭流水，流離山下。念吾一身，飄然曠野。
朝發欣城，暮宿隴頭。寒不能語，舌卷入喉。
隴頭流水，鳴聲幽咽。遙望秦川，心腸斷絕。

卻是具有特殊的情趣的。

隔谷歌只有兩首，卻都是亂離時代最逼眞的寫照：

兄在城中弟在外。弓無弦，箭無栝，食糧乏盡若爲活，救我來，救我來。

兄爲俘虜受困辱，骨露力疲食不足。弟爲官吏馬食粟，何惜錢力來我贖。

折楊柳歌裏的戀曲，像：

腸中愁不樂，願作郎馬鞭。出入擐郎臂，蹀座郎膝邊。

門前一株棗，歲歲不知老。阿婆不嫁女，那得孫兒抱。

立刻便可以辨得出那情趣和子夜、讀曲的如何相殊。

遙看孟津河，楊柳鬱婆娑。我是虜家兒，不解漢兒歌。

那也是很眞切的畫出漢夷雜處的一個情景來的。

幽州馬客吟歌辭裏出的一個曲子：

快馬常苦瘦，勦兒常苦貧。黃禾起羸馬，有錢始作人。

和高陽樂人歌裏的：

可憐白鼻騧，相將入酒家。無錢但共飲，畫地作交賒。

寫流浪人的心境同樣的悽壯。

幽州馬客吟裏也有戀歌幾首，那歌聲是直捷的，粗率的不似吳、楚歌的宛曲曼綺：

熒熒帳中燭，燭滅不久停。盛時不作樂，春花不重生。
南山自言高，只與北山齊。女兒自言好，故入郎君懷。
郎著紫袴褶，女著彩裌裙。男女共燕遊，黃花生後園。

捉搦歌四曲，最有趣，都是詠過時待嫁的女兒們的心裏的，卻和『熒熒條上花，零落何乃駛』的隱露的哀怨不同了；他們是那樣的直率不諱：

粟穀難春付石臼，敝衣難護付巧婦。男兒千凶飽人手，老女不嫁只生口。
誰家女子能行步，反著裌禪後裙露。天生男女共一處，願得兩个成翁嫗。
華陰山頭百丈井，下有流水徹骨冷。可憐女子能照影，不見其餘見斜領。
黃桑柘屐蒲子履，中央有絲兩頭繫。小時憐母大憐婿，何不早嫁論家計？

地驅樂歌裏的『驅羊入谷，白羊在前。老女不嫁，蹋地喚天』，也具着同樣的情調，其『側側力力，念君無極。枕郎左臂，隨郎轉側』，卻又是那樣的赤裸裸的北人的熱情的披露。

月明光光星欲墮，欲來不來早我。

這一曲地驅樂歌卻是很蘊藉含蓄的。

瑯琊王歌辭裏的：

新買五尺刀，懸著中梁柱。一日三摩娑，劇於十五女。

東山看西水，水流盤石間。公死姥更嫁，孤兒甚可憐。

客行依主人，願得主人彊。猛虎依深山，願得松柏長。

其也是富有北地的情趣的。

參考書目

一、樂府古題要解二卷，題唐、吳兢著，有津逮祕書，學津討源及歷代詩話續編本。

二、樂府詩集一百卷，宋、郭茂倩編，有汲古閣刊本，湖北書局刊本，四部叢刊本。

三、古樂府十卷，宋、左克明編，有明刊本。

四、古詩紀一百五十六卷，明、馮惟訥編，有明刊本。

五、全漢魏六朝詩，丁福保編，有醫學書局印本。

六、插圖本中國文學史，鄭振鐸編，商務印書館印本。本章可參考此書第一册第十六章。

第五章　唐代的民間歌賦

一

唐代的通俗詩歌甚爲發展。六朝的『楊五伴侶，』我們已經見不到，但在唐代卻還有王梵志、顧況、羅隱、杜荀鶴諸人的作品存在。白居易的詩，雖號稱婦孺皆解，但實在不是通俗詩；他們還不够通俗，還不敢專爲民衆而寫，還不敢引用方言俗語入詩，還不敢抓住民衆的心意和情緒來寫。像王梵志他們的詩纔是眞正的通俗詩，纔是眞正的民衆所能懂，所能享用的通俗詩。

王梵志詩在宋以後便不爲人所知。黃庭堅很恭維他的東西。不知怎麼樣，後來便失了傳。沈埋了千餘年之後，到最近方纔在敦煌石室裏發現了幾卷。梵志的生年，約在隋、唐之間。太平廣記裏（卷八十二）有一則關於他的故事，很怪，說他是生於樹癭之中的。他的詩多出世之意；像：

城外土饅頭，餡草在城裏。一人喫一个，莫嫌沒滋味。

便很有悲觀厭世的觀念。就像他最好的詩篇：

吾有十畝田，種在南山坡。青松四五樹，綠豆兩三窠。熱即池中浴，涼便岸上歌。遨遊自取足，誰能奈何我！

也全是『自了漢』的話。他的詩，幾全是哲理詩、教訓詩、或格言詩。這種通俗詩流行於民間，根深柢固，便造成了我們這個民族的『各人自掃門前雪，莫管他人瓦上霜』的自了漢的心理了。那影響是極壞的。

唐代的和尚詩人們，像寒山、拾得、豐干都是受他的影響的。拾得有詩道：『世間億萬人，面孔不相似。……但自修己身，不要言他己，』更是梵志精神上的肖子。

寒山有詩道：『有人笑我詩，我詩合典雅！不煩鄭氏箋，豈用毛公解。忽遇明眼人，即自流天下，』這是通俗詩人們的對於古典作家們的解嘲之作。

顧況詩在通俗詩裏獨彈出一種別調。他是一個大詩人，不是一個梵志式的哲理詩人。他並不厭世。他只是敢於引用方言俗語入詩中。他的詩，所寫的方面很廣。雖然也偶有梵志式的詩，像長安道：

長安道，人無衣，馬無草。何不歸來山中老？

但像田家那樣的社會詩，便是梵志們所未曾夢見的了。

帶水摘禾穗，夜擣具晨炊。縣帖取社長，嗔怪見官遲。

又像上古之什補亡訓傳十三章裏的囝一章，寫的是那末沈痛：

囝生閩方，閩吏得之，乃絕其陽。為臧為獲，致金滿屋。為髠為鉗，如視草木。天道無知，我罹其毒；神道無知，彼受其福。『郎罷』別囝：吾悔生汝。及汝既生，人勸不舉。不從人言，果獲是苦。囝別『郎罷』，心摧血下。隔地絕天，及至黃泉，不得在郎罷前。（原註：囝音蹇。閩俗呼子為囝，父為郎罷）。

這種掠奴的風俗，我們在況這詩裏方纔詳細的知道。

唐末，通俗詩忽盛行於世。胡曾的詠詩史一百首，寫得很駑下，卻為了寫得淺，能投合民眾的口味，至今還為俗人所傳誦。羅隱、杜荀鶴、李山甫們的詩也有許多至今還為民眾的口頭禪，雖然他們不知道作者是誰。可見其潛伏的勢力之大。

在羅隱詩裏，像『今宵有酒今宵醉，明日愁來明日愁；』像『時來天地皆同力，運去英雄不自由；』像『採得百花成蜜後，不知辛苦為誰甜；』像『只知事逐眼前去，不覺老從頭上來，』都已成了民間的成語諺語。

杜荀鶴的詩，像『舉世盡從愁裏老，誰人肯向死前休，』像『逢人不說人間事，便是人間無事人；』像『易落好花三個月，難留浮世百年身，』也都是最爲人所傳誦的詩句。

李山甫的詩，像『南朝天子愛風流，盡守江山不到頭；』像『勸君不用誇頭角，夢裏輸贏總未眞』等，也都是同一情調的東西。

在唐末的亂離時代，作家們自然會有這種冷笑的厭世的謙退之作的。但流行於民間，卻養成了我們的整個民族的不長進的怕事的風尙。這是要不得的！也許，正因爲他們是這個怕事的民族的代言人，故遂成爲通俗詩人吧。

但更有許多的通俗詩，其情趣是比較的廣賾的，特別的在敍事詩方面，在唐代有了很高的成就。

二

敦煌石室的發現，使我們對於唐代的通俗文學研究有了極重要的收穫。『變文』的發現，固然是最重要的消息，使我們對於宋、元的通俗文學的發展的討論上，有了肯定的結論，而同時，許多民間歌曲的被掘出，也使我們得到不少的好作品，同時並明白了後來的許多通俗作品的產生的線索與原因。

關於敦煌石室發現的經過與其重要性，我在別的地方已經說起過，這裏不必多談。只是這所被埋沒了近一千多年的石室寶庫的重被打開，卻出於一個匈牙利人史坦因之手。因此重要的完整些的材料多已被搬運到倫敦博物院去。而繼之而來的，又是一位法國人伯希和；他席捲了史坦因賸下的一部分重要的材料和寶物，運到巴黎國家圖書館。等到第三次由中國政府搜括『餘瀝』時，所餘的也實在只是糟粕了。又是沿途的被截留，被偸盜，散失了不少東西。所以現在收藏在北平圖書館裏的八千餘卷的敦煌鈔本，好東西已是有限，特別關於通俗文學的材料，更是沒有什麼重要的。我們所要獲得的材料，卻非遠到倫敦和巴黎去找不可。

我們應該感謝劉半農先生，他爲我們鈔回了，並傳布了不少罕見的通俗作品。但可惜只限於巴黎的一部分，也還不能說是完全。關於倫敦的一部分，簡直還沒有什麼人去觸動過牠們，利用過牠們。著者曾經自己去鈔錄過一部分，所得究竟寥寥有數。倫敦藏的敦煌寫本目錄，至今還不曾編好，我們簡直沒有法子知道其中究竟藏有多少珍寶。將來那部目錄出來的時候，我們也許更要添入不少的材料。這種添加或修正卻是我們所最爲盼望着的。但現在卻只能就著者所獲得的材料而加以敍述。

三

我們第一要討論到的是『詞。』那民間的『詞，』和溫庭筠及韋莊、和凝他們所作的究竟有些不同。但在民間文學裏，其氣韻已是够典雅的了。所以『詞』在唐的末年，恐怕已是被執持在文士們的手裏，而不盡是民間的通俗歌曲了。

今日所知的敦煌的『詞，』有云謠集雜曲子一種；這已是文士們所編集的東西了，故多半文從字順，相當雅緻，和一般粗鄙的小曲的氣息不同；但也還能看得出其初期的素樸的作風。

倫敦博物院所藏的一本云謠集雜曲子原注『共三十首，』但實只有十八首，闕其十二首。巴黎、國家圖書館所藏的也只有十四首。二本合之，除其重複，恰好足三十首之數。朱祖謀曾加以整理，刊於彊村叢書；其第二次整理的全稿則刊於彊村遺書。著者也曾加以整理，編入世界文庫第一卷第六册。這個集子的整理工作，相當的可以告一個結束。

鳳歸雲偏

征夫數載萍寄他邦，去便無消息，累換星霜。月下愁聽砧杵擬塞雁行。孤眠鸞帳裏，往勞魂夢，夜夜飛颺。想君薄行更不思量，誰爲傳書與表妾衷腸？倚牖無言垂血淚暗祝三光。萬般無奈處，一爐香盡又更添香。

又

怨綠窗獨坐，脩得爲君書。征衣裁縫了，遠寄邊虞。想得爲君貪苦戰，不憚馳驅。中朝沙磧里山，憑三尺勇戰奸愚。豈知紅粉淚的如珠！往把金釵卜卦卦皆虛。魂夢天涯無暫歇，枕上長噓。待卿回故日，容顏憔悴彼此何如！

像這樣的作風，放在花間集裏是很顯得粗俗的，但在民間歌曲裏已算是很文雅的了。但像下面所舉的二例，民間的風趣卻是更爲濃厚的。

內家嬌

兩眼如刀，渾身似玉，風流第一佳人。及時衣着，梳頭京樣，素質豔孋情春。善別宮商，能調絲竹，歌令尖新。任從說洛浦陽臺，謾將比並無因。半含嬌態，逶迤換步出閨幃。搔頭重慵懶不插，只把同心千遍撚弄。來往中庭，應是降王母仙宮，凡間略現容眞。

拜新月

蕩子他州去，已經新歲未還歸。堪恨情如水，到處輒狂迷，不思家國。花下遙指祝神明，直至於今，抛妾獨守空閨。上有穹蒼在，三光也合遙知。倚幃坐，淚流點的金粟羅衣，自嗟薄命緣業至於思。乞求待見面，誓不辜伊。

若『兩眼如刀』『及時衣着，梳頭京樣』『三光也合遙知』一類的語句在花間、尊前裏是絕對找不到的。

敦煌零拾六載有小曲三種，凡七首，民間的作風，便保存得更多了。魚歌子一首，下註『上王次郎』也還是云謠集裏的東西：

魚歌子 上王次郎

春雨微，香風少，簾外鶯啼聲聲好。伴孤屏，微語笑，寂對前庭悄悄。當初去向郎道，莫保青娥花容貌。恨惶交，不歸早，教妾□在煩惱。

但長相思三首，其作風便完全不同了；這三首是皆銜接的，似更隣近於『五更轉』一類的民歌：

長相思

侶客在江西，富貴世間稀。終日紅樓上，□□舞著棋。頻頻滿酌醉如泥，輕輕更換金巵。盡日貪歡逐樂，此是富不歸。

哀客在江西，寂寞自家知。塵土滿面上，終日被人欺。朝朝立在市門西，風吹淚□雙垂。遙望家鄉長短，此是貧不歸。

作客在江西，得病卧毫䇳，還往觀消息，看看似別離。村人曳在道傍西，耶孃父母不知。□上鄒排書字，此是死不歸。

寫得最好的雀踏枝的第一首：

雀踏枝

叵耐靈鵲多滿語，送喜何曾有憑據。幾度飛來活捉取，鎖上金籠休共語。比擬好心來送喜，誰知鎖我在金籠裏。欲他征夫早歸來，騰身卻放我向青雲裏。

這是寫閨中思婦和『靈鵲』的對話。思婦見『靈鵲』常常來『送喜，』她丈夫卻還是不歸來，便把牠來關在金籠裏。但『靈鵲』卻答她道：『原是好心來送喜的，卻反把囚在金籠裏了。你如果要征夫早早的歸來，還是放掉我飛到青雲裏去的好。』這樣有趣的『詞，』我們在唐、宋人作品裏是很少遇見的。

第二首雀踏枝卻是很平常的作品：

獨坐更深人寂寂，分離路遠關山隔。寒雁飛來無消息，□□牽斷心腸憶。仰告三光垂淚滴，□□耶孃甚處傳書覓。自嘆夙緣作他邦客，辜負尊親虛勞力。

這七首東西，敦煌零拾的編者羅振玉並不說明原藏何處。他在後面跋道：此小曲三種，魚歌子寫小紙上，長相思及雀踏枝寫心經紙背，譌字甚多，未敢臆改，姑仍其舊。看樣子，大約是他自己所藏的東西。

敦煌掇瑣裏又載有獎美人一首，題作『同前獎美人』，不知前面是何詞調。劉半農先生以爲『當是虞美人，但詞調與今所傳虞美人不同。』原本未寫完。但也不是什麼上好的作品。不過卻可見出是雲謠與花間之間的作品：

翠栁（疑當作柳）眉間綠，桃花臉上紅，薄羅衫子掩蘇胸。一段風流難比，像白蓮出水……

尙有若干零星的作品，見於掇瑣或他處的，作風大致不殊，都不在此提及了。

但民間小曲，其地位卻更爲重要，其作品也更多的保存着民間的素樸與粗鄙。

四

敦煌零拾五載『俚曲三種，』『上虞、羅氏藏。』這是最早刊布唐代俚曲的勇敢的舉動。在那時候，像『俚曲』這樣的東西，士大夫們是根本看不起的。

俚曲三種，凡三首，計嘆五更一首，十二時二首：

歎五更

一更初，自恨長養枉生軀，耶孃小來不教授，如今爭識文與書。
二更深，孝經一卷不曾尋，之乎者也都不識，如今嗟嘆始悲吟。
三更半，到處被他筆頭算，縱然身達得官職，公事文書爭處斷。
四更長，晝夜常如面向牆，男兒到此屈折地，悔不孝經讀一行。
五更曉，作人已來都未了，東西南北被驅使，恰如盲人不見道。

天下傳孝十二時

平旦寅，叉手堂前諮二親，耶孃約束須領受，檢校好要莫生嗔。
日出卯，情知耶孃漸覺老，子父恩深沒多時，遞戶相勸須行孝。
食時辰，尊重耶孃生而身，未曾孝養歸泉路，來報生中不可論。
起中巳，耶孃漸覺無牙齒，隅坐力弱須人扶，飲食喫得些些子。

正南午，董永賣身葬父母，天下流傳孝順名，感得織女來相助。
日昳未，入門莫取外壻意，六親破卻不須論，兄弟惜他斷卻義。
晡時申，孝養父母莫生嗔，第一溫言不可得，處分小語過於珍。
日入酉，父母在堂少飲酒，阿闍世王不是人，殺父害母生禽獸。
黃昏戌，五擿之人何處出，空裏喚向百街頭，惡業牽將不揀足。
人定亥，世間父子相憐愛，憐愛亦得沒多時，不保明朝阿誰在。
夜半子，獨坐思維一段事，縱然妻子三五房，无常到來不免死。
雞鳴丑，敗壞之身應不久，縱然子孫滿山河，但是恩愛非前後。

禪門十二時

夜半子，監睡還須去，端坐政觀心，濟卻無朋彼。
雞鳴丑，擿木看窗牖，明來暗自知，佛性心中有。
平旦寅，發意斷貪嗔，莫令心散亂，慮度一生身。
日出卯，取鏡當心照，情知內外空，更莫生煩惱。
食時辰，努力早出塵，莫念時時苦，早取涅盤因。
隅中巳，火宅難歸□，恆在敗壞身，漂流生死海。

正南午，四大無梁柱，須知寡合身，萬佛皆爲土。
日昃未，造罪相連累，无常念念至，徒勞漫破費。
晡時申，修見未來因，念身不救住，終歸一微塵。
日入酉，觀身知不救，念念不離心，數珠恆在手。
黃昏戌，歸依須闍室，罪垢亦未知，何時見慧日。
人定亥，吾今早欲斷，驅驅不暫停，萬物皆失壞。

這三首後有「時丁亥歲次天成二年七月十日」等字一行。按天成二年爲公曆紀元九二七年，離今已是一千多年了。我們得見到一千多年前的「五更轉」一類的俚曲，這不是可欣幸的事麼？

歎五更和十二時的結構，都是相同的，不過一爲以「五更」爲次，一以「十二時」爲次，故前者只有五段，後者便成爲十二段了——每段都是以一句的三言，三句的七言組織起來的。

歎五更和今日的五更轉形式上是不同的，然其結構卻仍相似。像這樣的結構幼稚的歌曲，在民間當會是保存得很久的。不過「十二時」的一體，卻是失傳了。

敦煌掇瑣裏載有「五更轉」四篇。太子五更轉的結構和歎五更完全相同：

太子五更轉

一更初，太子欲發坐心思，須知耶孃防守到，何時度得雪山水？
二更深，五百個力士睡昏沉。遮取黃羊及車匿，朱鬃白馬同一心。
三更滿，太子騰空無人見，宮裏傳聲悉達無，耶孃腸肝寸寸斷。
四更長，太子苦行萬里香，一樂菩提修佛道，不藉你世上作公王。
五更曉，大地下衆生行道了，忽見城頭白馬蹤，則知太子成佛了。

但南宗讚和太子入山修道讚的結構便不大相同了；其句法，首句也是三言，其後便雜着三言，五言及七言的了；而雜言的一部分也變得冗長多了。

南宗讚一本

一更長，如來智惠化中藏。不知自身本是佛，无明障蔽自荒忙。了五蘊，體皆亡，滅六識，不相當。行住坐臥常注意，則知四大是佛堂。
一更長，二更長，有□□往盡无常。世間造作應不及，无爲法會聽皆亡。入聖使，坐金剛，詣佛國，邁十方。但諸世界願貫一，決定得入於佛行。
二更長，三更嚴，坐禪執定甚能甜。不宜諸天甘露蜜，願君眷屬出來看。諸佛教，實福田，持齋戒，得生天。生天天中歸，還墮落，努迴心，趣涅槃。

三更嚴四更闌，法身體性本來禪。凡天不念生分別，輪迴六趣心不安。求佛性，向裏看，了佛意，不覺寒。廣大刼來常不悟，今生作意斷慳貪。

四更闌五更□，菩薩種子坐紅蓮。煩惱泥中常不染，恆□淨土共金顏。佛在世，八十年，般若意，不在言。朝朝恆念經，當初求覓一年川。

這讚，便有點像後來的寶卷。三言的夾入更多了。也許是原用梵歌唱出的，故不得不用這樣的體裁。

這可見『五更轉』這個調子，原來只是指『結構』的五段而言，有意的將事跡或情緒分作了由淺入深，或一段一段的分述着的『五則』的。至於每一段裏的句法和長短，或其歌唱的方法，卻是不拘的。

太子入山修道讚也是如此；其句法是三、五、七言互用的，和嘆五更、及太子五更轉比較起來，顯然是進步的。修道讚第五更的一段，特別的冗長；這是很可怪的一種別體。

〔太子入山修道讚〕

一更夜，月良東宮見道場，幡花傘蓋日爭光。燒寶香，共走天仙樂，皈資用宮傷。美人無拳，手頭忙，聲遶梁。太子无心戀，閉目不形相。將身不作轉輪王，只是怕无常。

二更夜，月明音樂堪人聽。美人纖手弄秦爭，皃監溪。姨毋專承事，耶輸相逐行。太子無心戀，色聲豈能聽。輪廻三惡道，六趣在死生。從來改卻既般名，只是換身形。

三更夜，亦停鬢肥睡不酡。美人夢裏作音聲，往往迎。出家時欲至，天王號作瓶。宮中聞喚太子聲，甚丁寧。我是四天主，故來遠自迎。珠騌便躡紫雲膂，夜逾城。

四更夜，亦偏乘雲到雪山。端身正坐向欲前，坐禪迮。尋思父王憶，每常嬬每隣。耶輸憶向我門看，眼應穿。便卽喚車匿，分付與衣冠。將吾白馬卻歸還，傳我言。

五更夜，亦交帝釋度金刀。毀形落髮紺青毫，鵲頂巢。牧牛女獻乳，長者奉香茀，誓當作佛苦海槁，眉間放白毫。日食一麻麥，六載受懃勞。因中果滿自消遙，三界超。金色三十二，八十相，好圓誓。於苦海，作舟舡，運載得生天。十二部，諸經讚，流在閻浮間。明人速悟轉讀看，盡得出三關，正向閻浮化波旬，請涅槃。口中發願不爲言，臥在跃提邊。慈毋雙林滅魔強，轉更圓。衆生苦海入本源，誰是救你愢。佛則歸圓寂，何日遇法山！猶如孩子沒耶孃，隣宿在苦海邊。悟則歸常樂，注在法王家。一乘深法沒難遮，樂者請除耶。七祖運遭溪，傳法破遇迷闇傳。心地證菩提，愚者沒泥黎。明燈照裏燃，說者便昇千。修行潔淨果周圓，必定往西天。時當第五百，耶法現人閒。衆生命，盡信耶言，不解學參禪。

思婦五更轉（題擬）寫得最好：

一更初，夜坐調琴，欲秦相思傷妾心。每恨狂夫薄行跡，一過挽人年月深。君白去來經幾春，不傳書信絕知聞。願妾變作天邊，雁萬里悲鳥尋訪君。二更孤，悵理秦箏，若箇弦中無怨聲。忽憶征夫鎮沙漠，遣妾煩怨雙淚盈。當本只言今載歸，誰知一別音信稀。賤妾枕自恒娥月，一片貞心。獨守空閑衾，索取箜篌歎征余。爲君王効中節，都緣名羽覓侯。願君早登丞相位，妾亦能孤守百秋。四更褰竹弄弓商，庫悵賢夫在魚陽。池中比目魚，游戲海鷗……

很可惜的是，四更的一段只賸了一半，五更的一段，卻完全的缺失了。『二更』的一段，未註明，當是從『賤妾枕自恆娥月』一句開始的。這歌裏的錯字別字實在太多了。像很美麗的『願妾變作天邊鴈，萬里悲鳥尋訪君』一句裏，那『鳥』字，一定是『鳴』字之訛。

關於『十二時，』敦煌掇瑣裏祇有太子十二時（題擬）一篇，和太子五更轉相同，也是敍述釋迦成道故事的：

夜半子，摩耶夫人誕太子，步步足下生蓮花，九龍齊吐溫和水。
鷄鳴丑，昔日諸親本自有，黃羊車匿閻東西，不那千人自有心。
平旦寅，太人因中是佛身，本有三十二相好，神通智惠異諸人。
日出卯，出門忽逢病死老，卽知此戒正堪修，便是廻心求佛道。
食時辰，本性持戒斫貪瞋，不羨世間爲國主，唯求涅槃成佛因。
隅中巳，庫藏金銀盡布施，怜貧恤老及慈悲，每有苦莪今日是。

正南午，太子修行實辛苦。每日持齋一麻麥，捨卻慳貪及父母。
日昳未，太子神通實智惠。眉間放光照十方，救拔衆生及五趣。
甫時申，太子廣開妙法門。降得魔王及外道，涉羅林裏見世尊。
日入酉，閻浮提衆生難化誘。願求世尊陁羅尼，若有人聞誦持受。
黃昏戌，佛聞雙林無有失。阿難合掌白佛言，文殊來問維摩詰。
人定亥，十代弟子來懺悔。佛說西方淨土國，見聞自消一切罪。

敦煌掇瑣裏又有女人百歲篇，其結構也和『五更轉』『十二時』極爲相同，從壹拾年到百年，歌詠『女人』的一生。這可見在當時，這樣幼稚的結構，在民間裏是很流行的。其中充滿了悲感的氣分，卻不是什麼宗教的勸道歌。

女人百歲篇，從壹拾至百年。

壹拾花枝兩斯兼，優柔課郁復髮髮。父孃怡似擕壹月，尋常不許出珠簾。
貳拾笄年花蘂春，父孃娉許事功勳。香車暮逐隨夫燭，如同簫史曉從雲。
叁拾珠顏美少年，紗聰攬鏡□花錢。牡丹時節邀詞謠，撥棹乘舡採壁連。
肆拾當家主計深，三男五女惱人心。秦箏不理貪機織，祇恐陽烏昏復沉。

伍拾連夫怕被嫌，強相迎接事嬰孅。尋思二八多輕薄，不愁姨姑阿嫁嚴。
陸拾面皺髮如絲，行步龍鍾少語詞。愁如未得溫新婦，優女隨夫別與居。
柒拾衰羸爭那何，縱饒聞法豈能多。明風若有微風至，筋骨相連似打羅。
捌拾眼暗耳偏聾，出門喚北却來東。夢中長見親情鬼，勸妾歸來逐逝風。
玖拾雷光似電流，人間萬事一時休。寂然臥枕高床上，殘葉彫零待暮秋。
百歲山崖風似頹，如今身化作塵埃。四時祭拜兒孫絕，明月長年照土堆。

五

長篇的敍事歌曲，在敦煌文庫裏，我們也發現了太子讚、董永行孝（題擬）及大漢三年季布罵陳詞文三種。太子讚以五七言相間成篇，全是宗教的宣傳品。疑其也用梵音唱出。內容無可注意處。

董永行孝的全本，藏於倫敦博物院（史坦因目錄 S 2204），是首尾完全的一篇，內容卻也不怎樣高明。

董永事，見劉向孝子傳（有黃氏逸書考輯本），後人曾列入『二十四孝』裏，故爲廣傳的故事之一。句道興的搜神記（敦煌零拾本）亦引之。

昔劉向孝子圖曰有董永者，千乘人也。小失其母，獨養老父。家貧困苦。至於農月與轆車推父於田頭樹蔭下，與人客作，供養不闕。其父亡歿，無物葬送。遂從主人家典田，貸錢十萬文，語主人曰：「後無錢還主人時，求與歿身主人爲奴，一世常力。」葬父已了，欲向主人家去。在路逢一女，願與永爲妻。永曰：「孤窮如此，身復與他人爲奴，恐屈娘子。」女曰：「不嫌君貧，心相願矣，不爲恥也。」永遂共到主人家。主人曰：「本期一人，今二人來何也？」主人問曰：「女有何技能？」女曰：「我解織。」主人曰：「與我織絹三百疋，放汝夫妻歸家。」女織經一旬，得絹三百疋。主人驚怪，遂放夫妻歸還。行至本相見之處，女辭永曰：「我是天女，見君行孝，天遣我借君償債。今既償了，不得久住。」語訖，遂飛上天。前漢人也。

這故事本來是『鵝女郎型』的故事之一，和羅漢格林（Lolgengren）故事，也是同一型的。不過羅漢格林是男的天使幫助了一個女郎，而董永的事則是天女幫助了一個孝子而已。到了董永行孝，則其故事又變了，加入了一個董永的兒子董仲。董仲覓母事，尤近於『鵝女郎』的故事。首一節說董永喪了父母，將身賣與長者爲奴。葬事已了，他要去做奴，半途卻遇了一位天女，要嫁與他爲妻。

人生在世審思量，暫□吵鬧有何方。大衆志心須淨聽，先須孝順阿耶孃。
好事惡事皆抄錄，善惡童子每抄將。孝感先賢說董永，年登十五二親亡。

自嘆福薄無兄弟，眼中流淚數千行。爲緣多生無姊妹，亦無知識及親房。
家裏貧窮無錢物，所買當身殯耶孃。便有牙人來勾引，所發善願便商量。
長者還錢八十貫，董永只要百千強。領得錢物將歸舍，揀擇好日殯耶孃。
父母骨肉在堂內，又領攀發出於堂。見此骨肉齊哽咽，號咷大哭是尋常。
六親今日來相送，隨東直至墓邊傍。一切掩埋總以畢，董永哭泣阿耶孃。
直至三日後墓了，拜罷父母幾田常。父母見兒拜辭次，願兒身健早歸鄉。
又辭東隣及西舍，便進前呈數里強。路逢女人來安問：『此個郎君住何方？
何姓？何名？衣實說，從頭表白說一場』。『娘子記言再三問，一一具說莫分張。
家緣本住眠山下，知姓稱名董永郎。忽然慈母身得患，不經數日早身亡。
慈耶得患先身故，後乃便至阿孃亡。殯葬之日無錢物，所賣當身殯耶孃』。
『世上莊田仍不賣，驚身卻入賤人行？所有莊田不將貨，棄貨今辰事阿郎』。
『娘子有詢是好事，董永爲報阿耶孃』。『郎君如今行孝儀，見君行孝感天堂。
數內一人歸下界，暫到濁惡至他鄉。帝釋宮中親處分，便遣汝等共田常。
不棄人微同千載，便與相逐事阿郎』。

這中間恐怕是闕失了一段，沒有說明董永答應娶她爲妻，和她同到主人家的事，而底下緊接着便敍說董永到了主人家裏拜見着他：

『董永向前便跪拜少喪父母大悽惶』『所賣一身商量了，是何女人立於傍？』

董永對言衣實說『女人住在陰山鄉。』『女人身上解何藝？』『明機妙解織文章。』

便與將絲分付了，都來只要兩間房。阿郎把數都計算，計算錢物千疋強。

經絲一切揔刷了，明機妙解織文章。從前且織一束綿，梭齊動地樂花香。

日日都來揔不織，夜夜調機告吉祥。錦上含儀對對有，兩兩鴛鴦對鳳凰。

織得錦成便截下，揉將下來便入箱。阿郎見此箱中物，念此女人織文章。

女人不見凡間有，生長多應住天堂。但織綾羅數已畢，卻放二人歸本鄉。

二人辭了須好去，不用將心憠阿郎。二人辭了便進路，更行十里到永莊。

卻到來時相逢處，『辭君卻至本天堂。』娘子便卽乘雲去，臨別分付小兒郎。

但言好看小孩子！董永相別淚千行。董仲長年到七歲，街頭由喜道邊傍。

小兒行留被毀罵，盡道董仲沒阿孃。遂走家中報慈父『汝等因何沒阿娘？』

『當時賣身葬父母，感得天女共田常。』如今便卽思憶母，眼中流淚數千行。

董永放兒覓父(？)，往行直至孫賓傍。夫子將身來誓掛，『此人多應覓阿孃。』

底下恐怕又少了幾句；應該敍述孫賓怎樣教導董仲去覓娘的。董仲依了他的指示，便藏到阿耨池邊的樹下。

阿耨池邊澡浴來，先於樹下隱潛藏。三個女人同作伴，奔波直至水邊傍。
脫卻天衣便入水，中心抱取紫衣裳。此者便是董仲母，此時縱見小兒郎。
『我兒幽小爭知處？孫賓必有好陰陽！』阿孃擬收孩兒養，『我兒不儀住此方。』

這裏也似闕失了幾句。底下應該敍述天女抱了董仲到天上去，但又放了他下凡，給他一個金瓶。

將取金瓶歸下界，捻取金瓶孫賓傍。天火忽然前頭現，先生央卻走忙忙。
將爲當時總燒卻，檢尋卻得六十張。此因不知天上事，總爲董□覓阿孃。

這結束非常的有趣，人間的不知天上事，原是爲了董仲覓母，而把孫賓的天書燒掉之故。
句道興的搜神記，有一篇較長的田崑崙娶得天女的故事，寫田崑崙見三個天女在池中洗浴，抱得了一個天女的衣服。她不得乘空而去，只得嫁了她。但後來得到了衣服，便又飛去。這和董仲事頗相類。

最好的一篇敍事歌曲，乃是季布罵陳詞文，這篇弘偉的詩篇，著者用了四種不同的本子，互相校勘，勉強整理出一本比較可讀的東西來。那不同的四本，都是零落的殘文，經了整理之後，卻可連接成爲一篇了；但可惜仍有殘缺，不能完全恢復舊觀。

季布事，見史記卷一百（季布欒布列傳）。

季布者，楚人也。爲氣任俠，有名於楚。項籍使將兵，數窘漢王。及項羽滅，高祖購求布千金。敢有舍匿，罪及三族。季布匿濮陽周氏。周氏曰：『漢購將軍急，迹且至臣家，將軍能聽臣，臣敢獻計。卽不能，願先自剄。』季布許之。乃髡鉗季布，衣褐衣，置廣柳車中，幷與其家僮數十人之魯朱家所賣之。朱家心知是季布，乃買而置之田。誡其子曰：『田事聽此奴，必與同食。』朱家乃乘軺車之洛陽，見汝陰侯滕公。……滕公待間，果言如朱家指。上乃赦季布。

這裏沒有敍及季布罵陣事，只是說他『數窘漢王』，漢書布傳（卷三十七）也是這樣說。但罵陣詞文卻把季布罵陣事很誇張的描寫着，而於後半季布被赦的經過，寫得也很生動。此歌首部已缺，但缺失的恐怕並不很多。今存的最先的一部分，乃是巴黎國家圖書館所藏的一卷。（P. 2747）

這一卷，從楚、漢相爭，季布向項王獻計說：『虎鬬龍爭必損人，臣罵漢王三五口，不施弓弩遣收軍；』項王遂准其所奏，許他罵漢王事開始，而中止於漢王平定天下後，出勑於天下，搜求季布『捉得賞金官萬戶，藏隱封刀砍一門，』季布遂不得不狼狽奔逃的事。

□□□□□□，各憂勝敗在逡□。□□□□□□□□，官爲御史大夫身。
遂奏霸王誇辯捷，□□□□□□。『臣見兩軍排陣訖，虎鬥龍爭必損人。
臣罵漢王三五口，不施弓弩遣收軍。』霸王聞奏如斯語，『據卿所奏大忠臣！
戈戟相衝猶不退，如何聞罵肯收軍？卿既舌端懷辯捷，不得妖言惑寡人。』
季布既蒙王許罵，意似礱龍擬作雲。遂喚上將鍾離末，各將輕騎後隨身。
出陣拋騎強百步，駐馬攢蹄不動塵。腰下狼牙椗西羽，臂上烏號掛六勻。
順風高綽低牟幟，迸箭長隱鏁甲裙。遙望漢王招手罵，發言可以動乾坤。
高聲直噉呼季布：『公是徐州豐縣人，毋解緝麻居村裏，父能收放住鄉村。
公曾泗水爲亭長，□□闒闒受飢貧。因接秦家離亂後，自無爲主假亂眞。
□□如何披風翼，黿鼉爭敢掛龍鱗？百戰百輸天下祐，□□□□析五分。
何不草繩而自縛，歸降我王乞寬恩？□君執迷誇鬬敵，活捉生擒放沒因。』
鼙鼓未旗未播，□□□言高一一聞。漢王被罵牽宗祖，羞盲左右恥君臣。
□□寒鴞嫌樹鬧，龍怕凡魚避水昏。拔馬揮鞭而便走，陣似山崩遍野塵。
走到下坡而憩歇，重勅戈牟問大臣：『昨日兩家排陣戰，忽聞二將語芬芸。

陣前立馬搖鞭者，□□高聲是甚人？』問訖蕭何而奏曰：『昨朝二將騁頑嚚，
□□□王臣等辱，罵觸龍威天地嗔。駿馬剷鞍穿鐷甲，旂下依依認得眞。
只是季布、中離末，終諳更不是餘人。』漢王聞語深懷怒，拍案頻眉叵耐嗔！
不能助漢餘柱寇，□政迲君猒寡人。寡人若也無天分，公然萬事不言論。
若得片雲遮項上，楚將投來總安存。唯有季布、中離末，火炙油煎未是迍！
卿與寡人同記着，抄錄姓名莫因循。忽期南面稱尊日，活捉粉骨細颺塵。』
後至五年冬三月，會垓滅楚靜烟塵。項羽烏江而自刎，當時四塞絕芬芸。
楚家敗將來投漢，漢王與賞盡垂恩。唯有季布、中離末，始知口是禍之門。
不敢顯名於聖代，分頭逃難自藏身。是時漢帝興王業，洛陽登極獨稱尊。
四人樂業三邊靜，八表來甦萬姓忻。聖德魏魏而偃武，皇恩蕩蕩盡修文。
心念未能誅季布，常是龍顏眉不分。遂令出勑於天下，遣捉艱兒搜逆臣。
捉得賞金官萬戶，藏隱封刀砍一門。旬日勑文天下遍，不論州縣配鄉村。
季布得知皇帝恨，驚狂莫不喪神魂。唯嗟世上無藏處，天寬地窄大愁人。
遂入歷山嵠谷內，偷生避死隱藏身。夜則村裏偷餐饌，曉入林中伴獸羣。
嫌日月，愛星辰，晝潛暮出怕逢人。大丈夫兒遭此難，都緣不識聖明君。
如斯旦夕愁危難，時時自嘆氣如雲。『一自漢王登九五，黎庶朝甦萬姓欣。

惟我羿濃憂性命，究竟如何向□□？』自刎他誅應有日，冲天入地若無因。

忍飢□□□□，□□□義舊恩情。

這底下大約缺失了幾行。巴黎國家圖書館別藏有一殘卷，（p. 2648）恰好接了下去。劉半農先生說：『兩號原本紙色筆意並排列行款均甚相似。疑一本斷而爲二；中間復有缺損。』這推測是很對的。

以下寫的是他到處奔逃，無法潛身，只好逃到周氏家裏去。這是和史記的記載相合的。

初更乍黑人行少，走□直入馬坊門。更深潛至堂階下，花藥園中影樹身。
周氏夫妻餐饌次，須更敢得動精神。罷飲停餐驚耳熱，捻筋橫起怯眼瞤。
忽然起立望門間：『堦下於當是鬼神？若是生人須早語，忽然是鬼莽丘墳。
問着不言驚動僕，利劍鋼刀必損君！』季布暗中輕報曰：『可想階前無鬼神。
只是舊時親分義，夜送千金與來君』。周諡按聲而問曰：『凡是千金須在恩。
記道遠來酬分義，此語應虛莫再論。更深越墻來入宅，夜靜無人但說眞。』
季布低聲而對曰：『切語莫高動四隣！不問未能諮說得，暨蒙垂問卽申陳。
夜深不必盤名姓，僕是去年罵陣人。』周氏便知是季布，下階迎接敍寒溫。
乃問：『大夫自隔闊，寒暑頻移度數春。自從有勑交尋促，何處藏身更不聞？』

季布聞言而啼泣，『自佳艱危切莫論！一從罵破高皇陣，潛山伏草受艱辛。
似鳥在羅憂翅羽，如魚問鼎惜岐鱗。特將殘命投仁弟，如何垂分乞安存？』
周氏見言心懇切，『大夫請不下心神。一身結交如管鮑，宿素情深舊拔塵。
今受困危天地窄，更問何邊投莽人。九族潘遭爲勑罪，死生相爲莫憂身。』
執手上當相對坐，素飯同餐酒數巡。周氏向妻甲子細，還道情濃舊故人。
『今遭國難來投僕，輒莫談揚聞四隣。』季布遂藏覆壁內，鬼神難知人莫聞。
周氏身名緣在縣，每朝巾情入公門。處分交妻送盤餅，禮同翁伯好供懃。
爭那高皇酬恨切，扇開簾倦問大臣：『朕遣諸州尋季布，如何累月音不聞？
應是官寮心怠慢，至今逆賊未藏身。』遂遣使司重出勑，改條換格轉精懃。
白土拂墻交畫影，丹青畫影更邈眞。所在兩家圍一保，察有知無且狀申。
先拆重棚除覆壁，後交播土更颺塵。尋山逐水薰巖入，踏草搜林塞墓門。
察兒期名擒捉得，賞金賜玉拜宮新。藏隱一餐停一宿，滅族誅家陣六親。
仍差朱解爲齊使，面別天階出國門。驟馬搖鞭旬日到，望捉奸兇貴子孫。
來到濮陽公館下，具述天心宣勑文。州官縣宰皆憂懼，捕捉惟愁失帝恩。
其時周氏聞宣勑，由如大石陌心珍。自隱時多藏在宅，骨寒毛豎失精神。
歸到壁前看季布，面如土色結眉頻。良久沈吟無別語，唯言禍事在逡巡！

季布不知新使至，卻着言詞恠主人。

這裏所謂朱解，便是史記裏所說的朱家。大約罵陳詞文的作者把朱家、郭解混作一人了。巴黎本『季布不知新使至，卻着言詞怪主人』之下，闕了一大段。（劉氏云此處原本缺一段。）但這一大段，恰好倫敦有一個殘本，（見敦煌零拾三，作季布歌）足以補入。但有十三句（從『且述天心宣勅文』到『卻着言辭怪主人』）卻是和巴黎本重複的，我們把牠們删去了。底下接着便敍述周氏無計可施，季布卻教他一計，將自己髡鉗爲奴，設法賣給了朱解，隨他『歸朝闕』。其間寫季布：『便索剪刀臨欲剪』的心理是極爲動人的。

『院長不須相恐嚇，僕且常聞俗諺云。古來久住令人賤，從前又說水頻昏。
君嫌叨濆相輕棄，別處難安有罪身，結交語斷人情薄，僕應自殺在今晨。』
周氏低聲而對曰：『兄且聽言不用嗔。皇帝恨兄心緊切，專使新來宣勅文。
黃牒分明□在市，垂賞堆金條格新，先拆重棚除複壁，後交播土更颺塵。
如斯嚴迅交尋捉，兄身弟命大難存。兄且以曾爲御史，德重官高藝絕倫。
氏且一家甘鼎鑊，可惜兄身變微塵！』季布驚憂而問曰：『只今天使是誰人？』
周氏報言：『官御史，名姓朱解受皇恩。』其時季布聞朱解，點頭微笑兩眉分。

『若是別人憂性命，朱解之徒何足論。見論無能虛受福，心粗闕武又虧文。
直饒墮卻千金賞，遮莫高堆萬挺銀。皇威刺牒雖嚴迅，颺塵播土也無因。
既交朱解來尋捉，有計隈依出得身。』周氏聞言心大怪，『出語如風弄國君。
本來發使交尋捉，兄且如何出得身？』季布乃言：『今日計，弟但看僕出這身。
九髮剪頭披短褐，假作家生一賤人。但道兗州莊上漢，隨君出入往來頻。
待伊朱解迴歸日，扣馬行頭賣僕身。朱家忽然來買口，商量莫共苦爭論。
忽然買僕身將去，擎鞭執帽不辭辛。天饒得見皇高恨，猶如病鶴再凌雲。』
便索剪刀臨欲剪，改形移貌痛傷神。解髮捻刀臨擬剪，氣塡胸臆淚紛紛。
自嗟告其周院長：『僕恨從前心眼昏！枉讀詩書虛學劍，徒知氣候別風雲。
輔佐江東無道主，毀罵咸陽有道君。致使髮膚惜不得，羞看日月恥星辰。
本來事主誇忠赤，變爲不孝辱家門。』言訖捻刀和淚剪，占項遮眉長短勻。
浣染爲瘡烟肉色，呑炭移音語不眞。出門入戶隨周氏，隣家信道典倉身。
朱解東齊爲御史，歇息因行入市門。見一賤人長六尺，遍身肉色似烟熏。
神迷勿惑生心買，持將逞似洛陽人。問此賤人誰是主？『僕擬商量幾貫文。』
周氏馬前來唱喏，『一依錢數且咨聞。氏買典倉緣欠闕，百金卽買救家貧。
大夫若要商量取，一依處分不爭論』。朱解問其周氏曰：『有何能得直千金？』

周氏便誇身上藝，雖爲下賤且超羣。小來父母心憐惜，緣是家生撫育恩。
偏切按摩能柔軟，好衣彩攝著烟熏。送語傳言磨識字，會交伴戀入庠門。
若說乘騎能結綰，曾向莊頭牧馬羣。莫惜百金促買取，商量驅使莫頑嚚。
朱解見誇如此藝，遂交書契驗虛眞。典倉牒絺而捐筆，便呈字勢似崩雲。
題姓署名似鳳舞，書年著月若烏存。上下撒花波對當，行間鋪錦草和眞。
朱解低頭親看札，口呿目瞪忘收脣。良久搖鞭相嘆羨，看他書札置功勳。
非但百金爲上價，千金於口合交分。遂給價錢而買得，當時便遣涉風塵。
季布得他相接引，擎鞭執帽不辭辛。朱解相貌何所似？猶如煙影嶺頭雲。
不經旬月歸朝闕，具奏東齊無此人。

卻不料季布已隨在他身邊了。這和史記所敍朱家明知其爲季布而買了下來的話又不大相同。下面敍季布把本來面目對朱解揭開了，嚇得朱解『驚狂展轉喪神魂。』但季布卻要求朱解請衆大臣宴會，由他出來親自乞命。朱解只好答應了他。第二天侯嬰、蕭何們便都來了。這和史記敍朱家自去懇求滕公的話也不同。這裏只有侯嬰、蕭何卻沒有滕公這重要的人物出現。

皇帝既聞無季布，『勞卿虛去涉風塵。放卿歇息歸私邸，是朕寬腸未合分。』

朱解殿前聞帝語，懷憂拜舞出金門。歸宅親故來軟脚，開筵列饌廣鋪陳。
買得典倉緣利智，廳堂誇向往來賓。閑來每共論今古，閑卽堂前語典墳。
從此朱解心憐惜，時時誇說向夫人。『雖然買得愚庸使，實是多知而廣聞。
天罰帶鉗披短褐，似山藏玉蛤含珍，是意存心解相向。僕應擡舉別安存。』
商量乞與朱家姓，脫鉗除褐換衣新。今既收他爲骨肉，令交內外報諸親。
莫喚典倉稱下賤，總交喚作大郎君。試教騎馬捻毬仗，忽然擊拂便過人。
馬上盤槍兼弄劍，彎弓倍射勝陵君。勒轡邀鞍雙走馬，蹺身獨立似生神。
揮鞭再騁堂堂貌，敲鐙重誇擅擅身。南北盤旋如掣電，東西懷協似風雲。
朱解當時心大怪，愕然直得失精神。心粗買得庸愚使，看他意氣勝將軍。
名曰典倉應是假，終知必是楚家臣。笑向廳前而問曰：『濮陽之日爲因循，
用却百金爲買得，不曾子細問根由。看君去就非庸賤，何姓何名甚處人？』
季布既蒙子細問，心口思維要說眞。擊分聲嘶而對曰：『說著來由愁殺人！
不問且言爲賤士，既問須知非下人。楚王辯士英雄將，漢帝怨家季布身。』
三台八座甚忙紛，又奏逆臣星出現。早疑恐在百寮門，不期自已遭狼狽。
將此情□何處申？解誅斬身甘受死，一門骨肉盡遭迍，季布得知心裏怕。
甜言美語却安存。『不用驚狂心草草，大夫定意在安身。見令天下搜尋僕，

捉得封官金百斤。君促送僕朝門下，必得加官品位新。』朱解心粗無遠見，
擬呼左右送他身。季布出言而便嚇，『大夫便似醉昏昏！順命受恩無酌度，
合見高皇嚴勅文。捉僕之人官萬戶，藏僕之家斬六親。況在君家藏一月，
送僕先憂自滅門。』朱解被其如此說，驚狂展轉喪神魂。『藏著君來憂性命，
送君又道滅一門。世路盡言君是計，今且如何免禍迍？』季布乃言：『今有計，
必應我在君亦存。明日廳堂排酒饌，朝下總呼諸大臣。座中促說東齊事，
道僕愆尤罪過頻。僕卽出頭親乞命，脫禍除殃必有門。』屈得酇侯蕭相至，
登筵赴會讓卑尊。朱解自緣心裏怯，東齊季布便言論。侯嬰當得心驚怪，
遂與蕭何相顧頻。（下闕）

倫敦本至此而畢，下文皆闕。但巴黎和牝相銜接處，似仍缺了幾句。這幾句大約說的是，蕭何答應了救季布。巴黎本下面便說及蕭何囑侯嬰去奏皇帝，季布不可得，人民被擾過甚，不如休尋捉他吧。皇帝答應了他。他很高興的去和季布說，布卻叫他再去奏，說怕他投戎狄，『結集狂兵侵漢土，』要皇帝以千金招取他出來做官。侯嬰又去奏。皇帝也答應了，遂以千金召布來。布上表謝恩，並來朝見皇帝。

據君良計大尖新，要其捨罪□呈勑，半由天子半由□。今日與君應面奏，
後世徒知人爲人。蕭何便囑侯嬰奏，面對天階見至尊。且奏：『東齊人失業，
望金徒費罷耕耘。陛下捨德休尋捉，兌其金玉感黎民。』皇帝既聞無季布，
失聲憶得尚書云：民惟邦本傾資惠，本同寧在養人恩。『朕聞舊酬荒土國，
荏苒交他四海貧。依卿所定休尋捉，解究釋罷言論。』侯嬰拜舞辭金殿，
來看季布助歡忻。『皇帝舍德收勑了，君作無憂散憚身。』季布聞言心更大！
『僕恨多時受苦辛，雖然奏徹休尋捉，且應潛伏守灰塵。君非有勑千金詒，
乍可遭誅徒現身。』侯嬰聞語懷嗔怒，『爭肯將金詒逆臣！』季布鞠躬重啟曰：
『再奏應聞堯、舜恩。但言季布心頑硬，不慙聖聽得皇恩。自知罪濃憂鼎鑊，
怕投戎狄越江津。結集狂兵侵漢土，邊方未免動烟塵。一似再生東項羽，
二憂重去定西秦。陛下千金招召取，必能延佐作忠臣。』侯嬰聞說知斯語，
『據君可以撥星辰。僕便爲君重奏去，將表呈時潘帝嗔。乞待早朝而入內，
具表前言奏帝聞。』『昨奉聖慈捨季布，國泰人安喜氣新。臣憂季布多頑逆，
不慙聖澤皆皇恩。陛下登朝休尋捉，怕投戎狄越江津。結集狂兵侵漢土，
邊方未逸動煙塵。一似再生東項羽，二如重去定西秦。臣聞季布能多計，
巧會機謀善用軍。權鋒狀似霜凋葉，破陣由如風捲雲。但立千金招召取，

必有忠貞報國恩。』皇帝聞言情大悅，『勞卿忠諫奏來頻。朕緣爭位遭傷中，
變體油瘡是箭痕。夢見楚家由戰酌，況憂季布動乾坤。依卿所奏千金召，
山河爲誓典功勳。』季布既蒙賞排石，頓改愁腸修表文。

表曰：

『臣作天尤合粉身，臣住東齊多朴眞。生居陋巷長蓬門，不知階下懷龍分。
輔佐東江狠虎君，狂謀罵陣牽親祖。自致煎熬鼎鑊迍，陛下登朝寬聖代，
大開舜日布堯雲。罪臣不煞將金詔，感恩激切卒難申！乞臣殘命將農業，
生死榮華九族忻。』當時隨來於朝闕，所司引對入金門。皇帝捲簾看季布，
思量罵陣忽然嗔！遂令……

這一卷至此而止。這是最危急的一個關頭。劉邦見了季布，忽然生了氣，又要想殺他。我們且看季布怎樣的替他自己逃脫此險。

巴黎、國家圖書館藏有第三本的罵陳詞文。恰好結束了這一首長歌。(p. 3386)

以勝煎熬不用存，臨至投到蕭墻外。』季布高聲殿上聞，『聖明天子堪匡佐！
謾語君王何處論！分明出勑千金詔，賺到朝門却煞臣。臣罪授誅雖本分，

陛下爭堪後世聞！』皇帝登時聞此語，迴嗔作喜却交存。『怜卿計策多謀掠，
舊惡些些愡莫論。賜卿錦帛並珍玉，兼拜齊州爲太君。放卿意錦歸鄉井，
光榮祿重貴宗親。』季布得官如謝勑，拜舞天街喜氣新。密報先謝朱解得，
明明答謝濮陽恩。敲鐙臨歌歸本去，搖鞭喜得脫風塵。若論罵陣身登首，
萬古千秋祇一人。具說漢書修製，莫道辭人唱不嗔。

此卷末有『大漢三年季布罵陳詞文一卷』一行，當卽此長歌的本名。

在一般的通俗文學裏，此歌算是很重要的一篇；在描寫上看來，實不失爲傑作。其層層深入，處處吃緊的佈局，實是無懈可擊的。當是董西廂諸宮調一類的弘偉的作品的先聲吧。在當時必能吸引住許多的聽衆的，在她被歌唱出來時。

六

賦在這時被利用作爲游戲文章的一體了；在民間似頗爲流行着。原來大言、小言諸賦，已含有機警的對答。在這一條線上發展下來便成爲幽默和機警的小品賦了。敦煌文庫裏晏子賦一首便

是此類賦裏的一篇出色之作。那些有趣的小機警，當會爲民間所傳誦不衰的。但那些小機警的對話，其來歷卻是很複雜的，不全從一個來源汲取而得。其間也偶有不可解與錯誤處。像『山言見大，何益？』一句，疑『山』字誤，且其上必尚有數字，像『王曰』一類的文字。最後道：『出語不窮，是名晏子，』也是『賦』的一個常例。對於這樣的作品，我們是很珍惜的，後世也有之，其氣韻卻常常惡劣得多，遠沒有寫得這樣輕巧超脫，這樣機警可喜的：

晏子賦一首

昔者齊晏子使於梁國爲使。梁王問左右對（對字疑衍）曰：其人形容何似？左右對曰「使者晏子，極其醜陋，面目青黑，且脣不附齒，髮不附耳，腰不附踝，既兒觀占，不成人也。」梁王見晏子，遂喚從小門而入。梁王問曰：「卿是何人，從吾狗門而入」？晏子對王曰「王若置造作人家之門，卽從人門而入，君是狗家，卽從狗門而入，有何恥乎？」梁王曰：「齊國無人，遣卿來。」晏子對曰「齊國大臣七十二相，並是聰明志惠，故使向智梁之國去。臣最無志，遣使無志國來。」梁王曰「不道卿無智，何以短小？」晏子對王曰「梧桐樹須大裏空虛，井水須深裏無魚。五尺大蛇却蜘蛛，三寸車轄製車輪。得長何益，得短何嫌！」梁王曰「不道卿短小，何以黑色？」晏子對王曰：「黑者天地□性也，黑羊之肉豈可不食，黑牛駕車豈可無力，黑狗趂兔豈可不得，黑雞長鳴，豈可無則，鴻鸖雖白，長在野田，匭車雖白，恆載死人；漆雖黑，鑞在前，墨梃雖黑，在王邊。採桑椹，黑者先嘗之。」「山言見大，何益？」晏子對王曰「劍雖尺三，能定四方，麒麟雖小，聖君瑞應。箭雖小，煞猛虎，小鎚能鳴大鼓，方之此言，見大何意！」梁王問曰：「不道卿黑色，卿先祖是誰？」晏子對王曰：「體有於亶生於事，粳糧稻米出於糞土，健兒論切，儜兒說苦。今臣共其王言，何勞問其先祖。」王乃問晏子曰：「汝知天地之綱紀，陰陽之本性，何者爲公，何者爲母，何者爲左，何者爲右，何者爲夫，何者爲婦，何者爲表，何者爲裏，風從何處出，雨從何處來，霜從何處下，露從何處生，天地相去幾千萬里，何者是小人，何者是君子？」晏子對王曰：『九九八十一，天地之綱紀；八九七十二，陰陽之性。天爲公，地爲母，日爲夫，月爲婦；南爲表，北爲裏，東爲左，西爲右；風出高山，雨出江海，霧出青天，露出百草，天地相去萬萬九千九百九十九里；富貴是君子，貧者是小人。』出語不窮，是名晏子。

韓朋賦恰好和晏子賦相反，卻是很沈痛的一篇敘事詩，雖然其中也包含些機警的隱語。——這些隱語是民間作品裏所常常見得到的，一般人對牠，一定有很高的興趣。在宋代，『商謎』曾成了一個專門的職業；元代的文士們寫作的隱語集也不少；其羣衆都是民間的，而非上層階級的。明人傳奇有韓朋十義記，但所敘與韓朋賦非同一之事。賦中的韓朋原應作韓憑。大約鈔寫者因『憑』字不好寫，而音又相同，故遂改作『朋』。

韓憑妻的故事，在古代流傳甚廣；也是孟姜女型的故事之一。這故事的流行，可見出一般人對於荒淫之君王的憤怒的呼號。這故事的大概是如此：

宋、韓憑，戰國時爲宋康王舍人。妻何氏美。王欲之。捕舍人築青陵台。何氏作烏鵲歌以見志云：『南山有烏，北山張羅。烏自高飛，羅當奈何！』又云『烏鵲雙飛，不樂鳳凰。妾是庶人，不樂宋王。』又作歌答其夫云『其雨淫淫，河大水深，日出當心。』康王得書，以問蘇賀。賀曰：『雨淫淫，愁且思也；河水深，不得往來也；日當心，有死志也。』俄而憑自殺。妻乃陰腐其衣。王與登台，遂自投台下。左右攬之，衣不中手。遺書於帶曰：『王利其生，不利其死。願以尸骨賜憑而合葬。』王怒，弗聽。使里人埋之，冢相望也。宿昔有交梓木生於二冢之端，旬日而大合抱，屈曲體相就，根交於下。又有鴛鴦雌雄各一，恆栖樹上，交頸悲鳴。宋人哀之，號其木曰相思樹。（汪廷訥人鏡陽秋卷十六）

韓朋賦把這悲慘的故事發展得更深摯、更動人些，成了一篇崇高的悲劇；在文辭上，也少粗鄙的語句。大約是鈔寫的人之過吧，別字錯字還是不少。

韓朋賦第一節寫朋意欲遠仕，而慮母獨居，故遂娶婦貞夫。（賦裏不說是何氏）。貞夫美而賢。入門三日，二人的情感，如魚如水，相誓各不相負。在這裏，『賦』的描寫與敍述，顯然是把簡樸的故事變爲繁瑣些了。

昔有賢士，姓韓名朋，少小孤單，遭喪遂失父，獨養老母。謹身行孝，用身爲主。意遠仕，憶母獨注。賢妻成功，素女始年十七，名曰貞夫。已賢至聖，明顯絕華，形容窈窕，天下更無。雖是女人身，明解經書。凡所造作，皆今天符。入門三日，意合同居。共君作誓，各守其軀。君不須再娶婦，如魚如水。意亦不再嫁，死事一夫。

第二節寫韓朋出遊，仕於宋國，六年不歸。朋妻寄書給他。朋得書，意感心悲。那封書顯然是廓大了烏鵲歌的第一首的，卻更爲深刻。『欲寄書』與『人』，與『鳥』，與『風』一段，乃是這賦裏最好的抒寫之一則。

> 韓朋出遊，仕於宋國。期去三年，六秋不皈。朋母憶之，心煩惚惚。其妻寄書與人，恐人多言焉；欲寄書與鳥，鳥恆高飛；意欲寄書與風，風在空虛。書君有感，直到朋前。韓朋得書，解讀其言。書曰：浩浩白水，迴波如流，皎皎明月，浮雲暎之，青青之水，各憂其時，失時不種，和豆不茲。萬物吐化，不爲天時。久不相見，心中在思。百年相守，竟一好時。君不憶親，老母心悲；妻獨單弱，夜常孤棲。常懷大憂。蓋聞百鳥失伴，其聲哀哀，日暮獨宿，夜長棲棲。太山初生，高下崔嵬，上有雙鳥，下有神龜，晝夜遊戲，恆則同皈。妾今何罪，獨無光明。海水蕩蕩，無風自波，成人者少，破人者多。南山有鳥，北山張羅，鳥自高飛，羅當奈何！君但平安，妾亦無化。韓朋得書，意感心悲。不食三日，亦不覺饑。

但不幸，這封書卻爲宋王所拾得。王遂欲得朋妻。梁伯奉命，用詐術去迎接了她來。這一節是原來的故事裏所沒有的；寫得是那樣的婉曲而層層深入。這裏的梁伯，當便是故事裏的蘇賀了。

> 韓朋意欲還家，事無因緣。懷書不謹，遺失殿前。宋王得之，甚愛其言。卽召羣臣，幷及太史：誰能取得韓朋妻者，賜金千金，封邑萬戶。梁伯啟言王曰：臣能取之。宋王大憶，卽出八輪之車，爪騮之馬，便三千餘人，從發道路，疾如風雨。三日三夜，往到朋家。使者下車，打門而喚。朋母出看，心中驚怕。供問喚者，是誰使者。使者答曰：我從國之使，來共朋同友。朋爲公曹，我爲主簿。朋友秋

書，來寄新婦。阿婆迴語新婦，如客此言，朋今事官，且得勝途。貞夫曰：新婦昨夜夢惡，文文莫莫，見一黃虵，咬妾床腳，三鳥並飛，兩鳥相搏，一鳥頭破齒落，毛下紛紛，血流洛洛，馬蹄踏踏，諸臣赫赫。上下不見隣里之人，何況千里之客！客從遠來，終不可信。巧言利語，詐作朋書。言在外。新婦出看，阿婆報客。但道：新婦病臥在床，不勝醫藥。承言謝客，勞苦遠來。使者對曰：婦聞夫書，何古不憘！必有他情，在於隣里。朋母年老，能察意。新婦聞客此言，面目變青變黃。如客此語，道有他情，即欲結意，返失其里，遣妾看客，失母賢子。姑，從今已後，亦夫婦，婦亦姑，道下機謝其玉被。千秋萬歲，不傷識汝。井水淇淇，何時取汝！釜灶尪尪，何時久汝。床帳閨房，何時臥汝，庭前蕩蕩，何時掃汝，薗菜青青，何時拾汝！出入悲啼，隣里酸楚。低頭却行，淚下如雨。上雨拜客，使者扶譽貞夫上車，疾如風雨。朋母於後，呼天喚地大哭。隣里驚聚，貞夫曰：呼天何益，喚地何免，駟馬一去，何歸返！

『下機謝其玉被』一段，充盈了惜別的深情厚意，其動人，在我們的文學裏還不曾有過第二篇，恰好和印度劇聖卡里台莎（Kalidaso）的不朽之作梭孔特娌（Sakantola）所寫的梭孔特娌別了森林之居而去尋夫時的情景相同；其美麗的想像也不相上下。然而我們的韓朋賦，卻被埋沒了一千年！

第四節寫貞夫被騙入宮，憔悴不樂，病臥不起。這裏，仍很巧妙的運用了烏鵲歌的第二首進去。

梁伯信連日日漸遠，初至宋國九千餘里，光照宮中。宋王恠之，即召羣臣，幷及太吏，開書卜問，怪其所以。悟土答曰：今日甲子，明日乙丑，諸臣聚集，王得好婦。言語未訖，貞夫即至。面如凝脂，腰如束素，有好文理。宮中美女，無有及以。宋王見之，甚大歡喜。

三日三夜，樂可可盡。卽拜貞夫以爲皇吉。前後事從，入其宮里。貞夫入宮，憔悴不樂，病臥不起。宋王曰：卿是庶人之妻，今爲一日之母，有何不樂！衣卽綾羅，食卽杳口，黃門侍郞，恆在左右，有何不樂，亦不歡憘？貞夫答曰：辭家別親，出事韓朋，生死有處，貴賤有殊。蘆葦有地，荊棘有叢，豺狼有伴，雉兔有雙，魚鼈有水，不樂高堂，燕若羣飛，不樂鳳凰，妾庶人之妻，不歸宋王之婦。

這以下似乎闕失了幾句，上下語便不大能銜接。大約宋王又來問羣臣以如何可以釋貞夫之憂的方法。但梁伯卻又有一個壞主意了！

「人愁思，誰能諫？」梁伯對曰：臣能諫之。朋年三十未滿，廿有餘，姿容窈窕，里發素失，齒如軻珮，耳如懸珠，是以念之，情意不樂。唯須疾害身朋，以爲困徒。宋王遂取其言，遂打韓朋二扳齒，并着故破之衣，常使作清淩之臺。

第五節寫貞夫和韓朋相見於靑淩台，貞夫作書繫於箭上，射給朋。朋得之，便自殺。

貞夫聞之，痛切忓腸，情中煩惌，無時不思。貞夫咨宋王：旣築清淩臺訖，乞願蹔往看下。宋王許之。賜八輪之車，爪騮之馬，前後事從三千餘人，往到臺下。乃見韓朋，剉草飼馬。見妾恥，把草遮面。貞夫見之，淚下如雨。貞夫曰：「宋王有衣，妾亦不着；王若吃食，妾亦不嘗。妾念思君，如渴思漿。見君苦痛，割妾心腸。形容憔悴，決報宋王。何足着恥！避妾隱藏！」韓朋答曰：南山有樹，名曰荊蕀，一枝兩刑，葦小心平。刑容憔悴，無有心情。蓋聞東流之水，西海之魚，去賤就貴，於意如何？貞夫聞語，低頭却行，淚下如雨。卽裂羣前三寸之帛，卓齒取血，且作枱書，繫着箭上，射於韓朋。朋得此，便卽自死。宋王聞之，心中驚愕，卽子諸臣：「若爲自死，爲人所煞」？梁伯對曰：韓朋死時，有傷損之處，唯有三寸素書，在朋頭下。宋王卽讀之，貞書曰：「天雨霖，魚遊池中，大鼓無聲，小鼓無音。」王曰：誰能辨之？梁伯對曰：「臣能辨之。天雨霖霖，是其淚；魚遊池中，是其意；天鼓無聲，是其氣；小鼓無音，是其思。」

天下事此是。卿其言義大矣哉！

第六節寫貞夫見韓朋死，便求王以禮葬之。葬時，貞夫自腐其衣，投於墓中，左右攬之不得。和故事所說的自投青淩台下略有不同。『左攬右攬，隨手而無』上下，疑略有缺失，故文意不甚明白。

貞夫曰：韓朋以死，何更再言！唯願大王有恩，以禮葬之可不得我後。宋王即遣人城東𨊠百文之曠，三公葬之。貞夫乞往觀看，不取久高。宋王許之，令乘棄車，前後事從三千餘人，往到墓所。貞夫下車，繞墓三匝，嗥啼悲哭，聲入雲中。喚君君亦不聞，迴頭辭百官，天能報恩。蓋聞一馬不被二安，一女不事二夫。言語未此，遂即至室，苦酒侵衣，遂脆如葱。左攬右攬，隨手而無。百官忙怕，皆悉槌胸，即遣使者報宋王。

最後一節便寫宋王救貞夫不得，而在墓中得二石。他棄此二石於道之東西，即生二樹，枝枝相當，葉葉相籠。宋王又伐之，而『二札落水，』變成雙鴛鴦飛去。鴛鴦落下了一根羽毛，宋王拾得之，卻起火焚燒了他的身體；這樣的報復了韓朋夫婦的仇。

王聞此語，甚大嗔怒。床頭取劍，煞臣四五，飛輪來走，百官集聚。天下大雨，水流曠中，難可得取。梁百諫王曰：只有萬死，無有一生。宋王即遣捨之。不見貞夫，唯得兩石，一青一白。宋王覩之，青〔石〕捨遊道東，白石捨於道西。道西生於桂樹，道東生於梧桐。枝枝相當，葉葉相籠。根下相連，下有流泉，絕道不通。宋王出遊見之，此是何樹？對曰：此是韓朋之樹。誰能解之？梁百對曰：臣能解之。枝枝相當是其意；葉葉相籠，是其恩，根下相連，是其氣；下有流泉，是其淚。宋王即遣誅罰之。三日三夜，血流汪汪。二札落水，變成雙鴛鴦，舉翅高飛，還我本鄉。唯有一毛，甚相好端政。宋王得之，即磨芬其身。

復仇的一段，乃是『故事』所沒有的。『故事』裏只說墓上生二樹，樹上栖有雙鴛鴦。這裏卻說，墓中拾得二石，石棄於道傍，生了二樹，樹被斫去，乃生雙鴛鴦，雙鴛鴦飛去，落下一羽毛，爲他們復了仇。這樣的變異，正合一般民間故事的方式；辛特里娜型（Cindellela）的故事便是這樣的。還有兩篇燕子賦，也是絕妙的好辭。我們如果喜歡伊索的寓言，喜歡列那狐的故事，我們便會同樣的喜歡這兩篇燕子賦。這兩篇性質是相同的，故事也相同，描寫的方法，卻完全兩樣了；一篇寫得很機警，寫得神彩奕奕，另一篇卻是頗爲駑下之作。但我們讀着他們，一邊卻不禁的會浮現出列那狐的故事的若干幕的圖畫來。燕子賦產生的背景，和列那狐有些相同，其諷刺的意味當然也相同。對於黑暗的中世紀的社會，在這裏我們可以略略得到些消息。人民們不敢公然的對帝王、對卿相、對地方官吏、對土豪劣紳報仇或指責，便只好隱隱約約的在寓言裏咒罵着了。

燕子賦寫得是燕雀爭巢事。燕巢被雀所佔，向他理會，反被毆傷，於是向鳳凰處去起訴。

第一篇燕子賦，對於爭巢的經過，已失去了，只從燕子被毆，訴之鳳凰開始。

燕子賦

緣沒橫羅□□□□□□□□□□□□□云：明敕招客標□□□□□□□□□□□錯，是我表丈人，鵜鴣是我家百州□□□□□□□離我門，前少時終須喫摑。」燕子不分，以理從索。遂被撮頭拖曳，捉衣擀擘。遼亂尊拳，交橫禿剔，父子數人，共相敲擊，燕子被打，傷毛墮翮，起上不能，命垂朝夕。伏乞檢驗，見有靑赤。不勝寃屈，請王科責。」鳳凰云：「燕子下牒，辭理懇切，雀兒豪橫，不可稱說。終須兩家，對面分雪。但知攄否，然可斷決。」專差鴝鵒往捉。

鴝鵒捉雀兒的一段，寫得極有風趣。雀兒在巢裏私語『約束男女，必莫開門。有人覓我，道向東村』那些話，讀之不禁失笑。還不和列那狐同樣的狡猾麼？但雀兒究竟沒有列那狐的智計，只好被鴝鵒捕去。

鴝鵒奉命，不敢久庭，牛走牛馳，疾如奔星。行至門外，良久立聽。正聞雀兒窟裏語，聞聲云：昨夜夢惡，今朝眼瞤，若不私鬪，尅被官嗔。比來徭役，徵已應頻；多是燕子下牒申論。約束男女，必莫開門。有人覓我，道向東村。鴝鵒隔門遙喚：「阿你莫漫輒藏，向來聞你所說，急出共我平章。何謂奪他宅舍，仍更打他損傷！奉府命遣我追捉，手足還是身當。入孔亦不得脫，任你百種思量。」雀兒怕怖，悚懼恐惶，渾家大小，亦總驚忙。遂出跪拜鴝鵒，喚作大郎，二郎，使人遠來充熱，且向窟裏逐涼。卒客無卒主人，暫坐撩裹家常鴿鶵。鴿鶵曰：「者漢大癡，好不自知。恰見寬縱，苟徒過時。飯食朗道，我亦不飢。火急須去，恐王恠遲。雀兒已愁，貴在淹流，千返不去，□得脫頭。乾言強語，千祈萬求。通容放致，明日還有些束羞。鴿鶵惡發，把腰卽搯。雀兒煩惱，兩眉不郷。悇瞻嵘去，須曳到州。

雀兒雖替自己辯解，卻湮滅不了具在的事實。鳳凰乃判決他決五百，枷項禁身，下於獄中。

奉王帖追，匍匐奔走，不敢來遲。燕子文牒，並是虛辭。眯目上下，請王對推。鳳凰云：「者賊無賴，眼惱蠹害，何由可奈！骨是捉我支配！將出脊背，拔出左腿，揭去惱蓋。」雀兒被嚇擔碎。號唯稱死罪，請喚燕子來對。燕子忽磔出頭，躬曲分疏。雀兒奪宅，今見安居；所被傷損，亦不加諸；目驗取實虛。雀兒自隱欺貧面孔，縫是攢沉，請乞設誓，口舌多端。若實奪燕子宅舍，卽願一代貧寒。朝逢鷹隼，暮逢癡竿，行卽着網，坐卽被彈。經營不進，居處不安。日埋一□，渾家不殘。呪雖萬種作了，鳳凰要自難漫。燕子曰：人急燒香，狗急驀墻，只如釘瘡病癩，埋却屍腔。總是雀兒（轉開作）徒擬，誑惑大王。鳳凰大嗔，狀後卽判雀兒之罪，不得稱竿，推問根由，仍生拒捍。責情且決五百，枷項禁身推斷。

對於這樣的判決，燕子自然是稱快。雀兒的昆季鵙鴿卻大爲不平，罵了他一頓。添了這個波折，便添了風趣不少。

燕子唱快，憙慰不以。奪我宅舍，捉我巴毁，將作你吉達到頭；何期天還報你！如今及阿莽次第五下乃是調子。鵙鴿在傍，乃是雀兒昆季，頗有急難之情，不離左右看侍。旣見燕子唱快，便卽向前塡置。家兄觸快明公，下走實增厚鬼。切聞狐死兔悲，惡傷其類，四海盡爲兄弟，何況更同臭味。今日自能論竟，任他官府處理。死鳥就上更彈，何須逐後罵詈。

下面寫雀婦去獄中探望雀兒那情景還不是唐代監獄的描素麼？

婦聞雀兒被杖，不覺精神沮喪。但知搥胸拍臆，垂頭憶想阿莽。兩步幷作一步，走向獄中看去。正見雀兒臥地，面色恰似勃土。脊上縫箇服子，髣髴亦高尺五。既見雀兒困頓，眼中淚下如雨。口裏便灌小便，瘡上還貼故紙。當時髖髖勸諫，拗戾不相用語。無事破囉啾唧，果見論官理府。更披枷禁不休，於身有阿沒好處。乃是自招禍恤，不得怨他靈祖。雀兒打硬，猶自漭漫語；男兒丈夫事有錯誤，脊被揎破，更何怕懼！生不一迴，死不兩度！俗語云：寧値十狼九虎，莫逢癡兒一怒。如今會遭夜莽赤椎，揔是者黑嫗兒作祖。吾今在獄，寧死不辱。汝可早去，喚取鸜鵒。他家頭尖，憑伊覓曲，咬嚙勢要，教向鳳凰邊遮囑。但知免更喫杖，與他祁摩一束。

雀兒在獄，總想設法脫枷及免罪。像他這樣的一個強梁的東西，到此地步，也只好『口中念佛，心中發願若得官事解散險（繕）寫多心經一卷』了。這諷刺得多末可笑！

雀兒被禁數日，求守獄子脫枷。獄子再三不肯，雀兒嬡語咀嘔：官不容針，私容車，叩頭與脫到晚衙。不相苦死相邀勒，送飯人來定有斂。獄子曰：汝今未得清雪，所已留在黃沙。我且忝為主吏，豈受貪賄相遮。萬一王耳目，碎卽恰似油麻。乍可從君懊惱，不得遣我著查。雀兒嘆曰：古者三公厄於獄卒，吾乃今朝自見。惟須口中念佛，心中發願：若得官事解散，險寫多心經一卷。遂乃嘔喘本典，日徒沙門，辨曹司上下，說公白健。今日之下，些些方便，還有紙筆當直，莫言空手冷面。本典曰：你亦放鈍，為當退顇。奪他宅舍，不解卑啄，却事兒庬，打他見困。你是王法罪人，鳳凰命我責問。明日早起過案，必是更着一頓。杖十已上開天，未死不過半寸。但辨脊背□□，何用密箄相駭。

雀兒對案時的情景寫得有風趣極了！我們看他是怎樣的替他辨護的？

雀兒被額，更額氣憤，把得問頭，特地更悶問：燕子造舍，擬自存活，何得麁豪，輒敢強奪！仰答：但雀兒之名瞠子，交被老鳥趁急，走不擇險，逢孔卽入，蹔投燕舍，勉被拘執。實緣避難，事有急疾，亦非強奪，願王體悉。又問：既稱避難，何得恐赫，仍更蹤打，使令墜翮。國有常形，舍答決一百，有何別理，以此明白？仰答：但雀兒祇緣瞠子避難，蹔時留燕舍，既見空閑，暫歇解卸。燕子到來，望風惡罵，父子團頭，牽及上下。忿不思難，便卽相打。燕子既稱墜翮，雀兒今亦跛跨。兩家損處，彼此相亞。若欲確論坐宅，請乞酬其宅價。今欲據法科繩，實卽不敢咋呀。兒有請上柱國勳，請與收其贖罪。

他想到了要以『上柱國勳』來贖罪。

又問：「奪宅恐赫，罪不可容。既有高勳，究於何處立功？」仰答：但雀兒去貞十九年大將軍征討遼東，雀兒□充傔，當時被入先鋒，身不□，手不彎弓，口銜□火，送着上風，高麗逐滅，因此立功。一例蒙上柱國，見有勳告數通。必期欲得磨勘，請檢山海經中。」鳳凰判云：「雀兒剔禿，強奪燕屋，推問根由，元無臣伏。既有上柱國勳收贖，不可久留在獄，宜卽適放，勿煩案牘。

『必期欲得磨勘，請檢山海經中，』作者是那末警敏的在開着玩笑！

雀兒既被釋，遂和燕子和解了。有一多事鴻鶴，卻罵了他們一頓。這和後來的蔬果爭奇、梅雪爭奇、童婉爭奇一類的東西，以及茶酒論是結構相同的。但未免卻落了套。不過最後的燕雀同詞而對的一首詩，卻救她出於『平庸』。

雀兒得出，意不自勝。遂喚燕子，且飲二升。比來觸誤，請公哀矜。從今已後，別解□□。人前並地，更莫啾啾。燕雀既和，行至憐並，乃有一多事鴻鶴，借問比來諫竟雀兒不退，靜開眼尿床，違他格令，賴值鳳凰恩擇，放你一生草命。可中鷂子搦得，百年當鋪了竟。遂罵燕子：你甚頑囂！些些小事，何得紛紅！直欲危他性命，作得如許不仁！兩箇都無所識，宜悟不與同羣！燕雀同詞而對曰：何其鳳凰不嗔，乃被鴻鶴責所！你亦未能斷事，到頭沒多詞句！必其倚有高才，請乞立題詩賦。鴻鶴好心，卻被譏刺。乃與一詩，以程二子。鴻鶴宿心有遠志，燕雀由來故不知。一朝自到青雲上，三歲飛鳴當此時。燕雀同詞而對曰：大鵬信徒南，鷦鷯巢一枝。逍遙各自得，何在二蟲知！

燕子賦的作者，一定是很有修養的文士。『逍遙各自得，何在二蟲知』？那樣的思想，是陶潛、莊周他們所抱有着的。

另一篇燕子賦，首尾完全，但內容卻平凡得多了。姑附錄於後，以資對讀。

此歌身自合，天下更無過。雀兒和燕子，合作開元歌。

燕子實難及，能語復嘍羅；一生心快健，禽裏更無過。居在堂梁上，銜坭來作窠。追朋伴親侶，濫鳥不相過。秋冬石窟隱，春夏在人間。二月來梭蘩，八月卻皈。口銜長命草，餘事且閑閑。經冬若不死，今歲重迴還。遊蕩雲中戲，宛轉在空飛。還來歸舊室，冬自本巢依。蘩中逢一鳥，稱名自雀兒。摇頭偃野說，語裏事哆哯。

雀兒實嘖唸，變弄別浮沉。知他窠窟好，乃卽橫來很。問燕何山鳥？掇地作音聲。徒勞來索窟，放你且放心。

燕子語雀兒：好得輒行非，問君向者語，元本未相知。一冬來住居，溫暖養妻兒。計你合慚愧，卻被怨辯之。

雀兒語燕子：恩澤莫大言，高聲定無理。不假觜頭喧，官司有道理。正勑見明宣，空閑石得坐。雀兒起自專。

燕子語雀兒：好得合頭癡，向吾宅裏坐，卻捉主人欺。如今見我索，荒語說官司。養蝦蟆得𤸷病；報你定無疑。

雀兒語燕子：不由君事觜頭。問君行坐處。元本住何州？宅家今括客，特勑捉浮逃。黠兒別設詔，轉急且抽頭。

燕聞拍手笑，不由君事。落、荒大宅居山所，此乃是吾莊，本貫屬京兆，生緣在帝鄉。但知還他窟，野語不相當。縱使無籍貫，終是不關君。我得永年福，到處即安身。此言並是實，天下亦知聞。是君不信語，乞問讀書人。

雀兒語燕子；何用苦分疏！因何得永年福，言詞總是虛。精神目驗在，活時解自如。功夫何處得？野語誑鄉閭。頭似獨舂鳥，身如七𧘝形。緣身豆汁染，腳手似針釘。恆常事夸大，侳欲漫胡瓶。撫國知何道，閏我永年名。

昔本吾王殿，燕子作巢窟，宮人夜遊戲，因便捉窠燒。當時無住處，堂樑寄一霄。其王見怜愍，愍念亦優饒。莫欺身幼小，意氣極英雄。堂樑一百所，遊颺在雲中。水上呑浮蟻，空裏接飛蟲。眞城無比較，曾娉海龍宮。海龍王第三女，髮長七尺強。銜來腹底臥，燕豈在稱揚。請讀論語驗，問取公冶長。當時在縲絏，緣燕免無常。

雀兒語燕子：側耳用心聽。如欲還君窟，且定觜頭聲。赤雀由稱瑞，兄弟在天庭。公王共執手，朝野悉知名。一種居天地，受某不相當。麥熟我先食，禾熟在前嘗。寒來及暑往，何曾別帝鄉。子孫滿天下，父叔遍村坊。自從能識別，慈母實心平，恆思十善業，覺悟欲無常。飢恆餐五穀，不煞一衆生。怜君是遠客，爲此不相爭。

燕子自吝嗟，不向雀兒誇，飢恆食九醞，渴即飲丹砂，不能別四海，心裏戀洪牙。莫怪經冬隱，只爲樂山家。久住人增賤，希來見喜歡。爲此經冬隱，不是怕飢寒。幽巖實快樂，山野打盤跚。本擬將身看，卻被看人看。

一猜雖然猛，不如衆狗強。窠被奪將去，赫我作官方。空爭並無益，無過見鳳凰。雀既被燕撮，直見鳥中王。鳳凰臺上坐，百鳥四邊圍。俳佪四顧望，見燕口銜詞。橫被強奪窟，投名訴雀兒。抱屈來諫菿，啓奏大王知。雀兒及燕子，皆總立王前。鳳凰親處分，有理當頭宣。燕子於先語，臣作一言，依實說事狀，發本述因緣。被侵宅舍苦，理屈豈感言。不分黃頭雀，朋博結豪強。燕有宅一所，橫被強奪將，理屈難緘嘿，伏乞願商量。日月雖耀赫，無明照覆盆。空辭元無力，誰肯入王門。鳳凰嗔雀兒，何爲撓他斯！彼此有窠窟，忽爾輒行非。雀兒向前啓鳳凰：王今乍不知，窮研細諸問，豈得信虛辭。雀兒但爲鳥，各自住村坊。彼此無宅舍，到處自安身。見一空閑窟，破壞故非新。久訪元無主，隨便卽安身。成功不了毀，不能移改張。隨便裏許坐，愛護得勞藏。

燕子啓大王：雀兒漫洛荒。亦是窮奇鳥，構探足詞章。銜泥來作窟，口裏見瘡生。王今不信語，乞問主人郎。

鳳凰當處分二鳥近前頭。不言我早悉，事狀見嘍嘍。薄媚黃頭雀，便漫說緣由。急手還他窟，不得更勾留。

雀兒啓鳳凰：吩付亦甘從。王遣還他窟。乞請再通容。雀兒是課戶，豈共外人同。

燕子時來往，從坐不經冬。鳳凰語雀兒：急還燕子窟。我今已判定，雀兒不合過。暖是百鳥主，法令不阿磨。理引合如此，不可有偏頗。

燕子理得舍，歡喜復歡忻。雀兒終欲死，無處可安身。

燕子不求人，雀兒莫生嗔。昔問古人語：三鬭始成親。往者堯王聖，寫位二十年；鄭喬事四海，對面卽爲婚。元百在家患，臣鄉千里期。燕王怨，怨秦國，位馬變爲驎，併糧坐守死，萬代得稱傳。百挑憶朝廷，哽咽淚交連。斷馬有王義，由自不能分。午子骨罸楚，二邑亦無言。不能攀古得，二人並鳥身。緣爭破壞窟，徒特費精神。錢財如糞土，人義重於山。燕今實罪過，雀兒莫生嗔。

雀兒語燕子：別後不須論。室是君家室，合理不虛然。一冬來修理，流落悉皆然。計你合慚愧，卻擸我見王身。鳳凰住化法，不擬煞傷人。忽然責情打，幾許愧金身。

燕子語雀兒此言亦非嗔。緣君修理屋，不索價房錢。一年十二月，月別伍伯文。可中論房課，定是賣君身。

茶酒論一篇，可附於本章敍述之；這也是『賦』之一體。這篇題作『鄉貢進士王敷撰，』其生平未能考知。像這樣的游戲文章，唐人並不忌諱去寫。韓愈也作了毛穎傳。『爭奇』一類的寫作，本來也是從大言、小言賦發展出來的。明人鄧志謨卻把這幼稚的文體廓大而成爲二册三册的一種『爭奇』的專書了。

茶和酒在爭論着：『兩個誰有功勳？』茶先說其可貴，酒乃繼而自誇其力；反覆辨難，終乃各舉其『過』。『兩個政爭人我，不知水在旁邊。』水乃出來和解道：茶酒要不得水，將成什麼形容呢？水對於萬物，功績最大，但他並不言功。茶酒又何必爭功呢？『從今已後，切須和同。酒店發富，茶坊不窮。長爲兄弟，須得始終。』

大規模的三都、兩京賦，其結構和作用也都是這樣的幼稚的。

『若人讀之一本，永世不害酒顛茶風，』這二句話恐怕是受了印度作品的影響。像這樣的自讚自頌的結束方法，在我們文學作品裏是很少見到的。

爲了讀者的方便，把茶酒論也附錄於下。關於茶酒論，日本的鹽谷温教授曾有過一篇考釋。

茶酒論一卷并序，鄉貢進士王敷撰

竊見神農曾嘗百草，五穀從此得分。軒轅制其衣服，流傳教示後人。倉頡致其文字，孔丘闡化儒因。不可從頭細說，撮其樞要之陳。暫問茶之與酒，兩箇誰有功勳？阿誰卽合卑小，阿誰卽合稱尊？今日各須立理，強者先飾一門。茶乃出來言曰：「諸人莫鬧，聽說些些。百草之首，萬木之花，貴之取蘂，重之摘芽，呼之名草，號之作茶。貢五侯宅，奉帝王家。時時獻入，一世榮華。自然尊貴，何用論誇！」酒乃出來：「可笑詞說！自古之今，茶賤酒貴。單醪投河，三軍告醉。君王飮之，叫呼萬歲，羣臣飮之，賜卿無畏。和死定生，神明歆氣。酒食問人，終無惡意。有酒有令，仁義禮智。自合稱尊，何勞比類？」茶謂酒曰：「阿你不聞道：浮梁歙州，萬國來求；蜀川流頂，其山驀嶺；舒城太胡，買婢買奴；越郡餘杭，金帛爲囊。素紫天子，人間亦少。商客來求，舡車塞紹。據此蹤由，阿誰合少！」酒爲茶曰：「阿你不聞道：劑酒乾和，博錦博羅，蒲桃九醞，於身有潤；玉酒瓊漿，仙人盃觴；菊花竹葉，中山趙母。甘甜美苦，一醉三年。流傳今古，禮讓鄉閭，調和軍府。阿你頭惱，不須乾努。」茶爲酒曰：「我之茗草，萬木之心，或白如玉，或似黃金。明僧大德，幽隱禪林，飮之語話，能去昏沉。供養彌勒，奉獻觀音。千劫萬劫，諸佛相欽。酒能破家散宅，廣作邪婬，打卻三盞以後，令人祇是罪深。」酒爲茶曰：「三文一矼，何年得富？酒通貴人，公卿所慕。曾道趙王彈琴，秦王擊缶，不可把茶請歌，不可爲茶交舞。茶喫只是腰痛，多喫令人患肚。一日打卻十盃，腸脹又同衙鼓。若也服之三年，養蝦蟆得水病報。」茶爲酒曰：「我三十成名，束帶巾櫛，驀海其江，來朝今室。將到市鄽，安排未畢，人來買之，錢財盈溢。言下便得富饒，不在明朝後日。阿你酒能昏亂，喫了多饒啾唧。街中羅織平人，脊上少須十七。」酒爲茶曰：「豈不見古人才子，吟詩盡道渴來，一盞能生養命，又道酒是消愁藥，又道酒能養賢。古人糠粕，今乃流傳。茶賤三文五碗，酒賤中半七文。致酒謝坐，禮讓周旋。國家音樂，本爲酒泉。終朝喫你茶水，敢動些些管弦。」茶爲酒曰：「阿你不見道：男兒十四五，莫與酒家親。君不見生生鳥爲酒喪其身。阿你卽道茶喫發病，酒吃養賢。卽見道有酒黃酒病，不見道有茶瘋茶顚。阿闍世王爲酒報父害母，劉伶爲酒一死三年。喫了張眉豎眼，怒鬪宣拳。狀上只言麁豪酒醉，不曾有茶醉。相言不免求首，杖子本典索錢。大枷榼項，背上揪椽。便卽燒香斷酒，念佛求天，終身不喫，望逃迍邅。兩個政爭人我，不知水在旁邊。水謂茶酒曰：「阿你兩箇，何用忿忿！阿誰許你，各擬論功。言詞相毀，道西說東。人生四大，地水火風。茶不得水，作何相皃！酒不得水，作何形容！米麴乾喫，損人腸胃，茶行乾喫，只糲破喉嚨。萬物須水，五穀之宗；上應乾象，下順吉凶；江河淮濟，有我卽通；亦能漂蕩天地，亦能涸煞魚龍，堯時九年災跡，只緣我在其中。感得天下欽奉，萬姓依從，由自不說能聖；兩箇用爭功！從今已後，切須和同。酒店發富，茶坊不窮，長爲兄弟，須得始終。若人讀之一本，永世不害酒顚茶風。

最後有一篇齖齖新婦文，也應該一提。這是後來流行甚廣的快嘴李翠蓮記（見清平山堂話本）的故事之最早的一個本子。雖然寫得並不怎樣好但在民間是發生了相當的作用的。在那裏，反映着民間婚姻制度的不合理，與由此制度所產生的種種痛苦。

齖齖新婦文一本㈠

夫齖齖新婦者，本自天生，鬬唇闔舌，務在喧爭。欺兒踏婿，罵詈高聲，翁婆共語，殊總不聽。入廚惡發，飜粥撲羹。「甲本作𩜾」轟盆打甑，雹釜打鐺。嗔似水牛料鬬，「乙本作㪷」唤似轆轤作聲。若說軒裙撥「乙本作𥮾」尾，直是世間無比。鬬亂親情，欺鄰逐里。阿婆嗔着，終不合觜。將頭自「甲本作白」檻，竹天竹地。莫着臥床，佯病不起。見壻入來，滿眼流淚。夫問來由，有何事意，沒可分梳，「乙本作疎」口「乙本作只」稱是事。「乙本作是是，」翁婆罵我作奴作婢之相，只是擔「甲本作擔」服夜睡，莫與飯「乙本作飰，」喫餓「乙本作我」自起。阿婆問「乙本作向」兒言說「乙本作曰，」索「乙本作色」得箇屈期。醜物入來，與「甲本作已」我作底。新婦聞之，從床忽起。當初緣甚不嫌，便卽下財下禮。色我將來，道我是底。未許之時，求神拜鬼，及至入「乙本作將」來，說我如此。新婦乃索離書廢我，別嫁可曾夫壻。翁婆聞道色離書，「自廢我至離書十五字乙本有甲本無」忻忻喜喜。且「乙本作是」與緣「乙本作沿」房衣物，更別造一床氈被，乞求趁卻，願更莫逢相值。新婦道辭便去，口裏咄咄罵詈。不徒錢財產業，且離怨「甲本作恐」家老鬼。新婦慣喚，「喚字乙本無」向村中自由自在。禮宜「乙本無宜字」不學女翁不愛，只是手提竹籠，恰似「恰似二字乙本無」傍田拾菜。如此之流，須爲監解。看是名家之流，不交自解。本性齣齣打煞也不改。已後與兒索婦，大須穩「甲本作隱」審趁逐，莫取媒人之配。阿家詩曰：齣齣新婦甚典硯，直得親「乙本作新」情不許見。千約萬束不取語，惱得老人腸肚爛。新婦詩曰：本性齣齣處處知，阿婆何用事悲悲！「乙本作卑卑」若覓下官「乙本作棺」行婦禮，更須換卻百重皮。

(一)劉半農曰：此文有二五六四號二六三三號兩本，今以二五六四號爲甲本，二六三三號爲乙本，互校其差異附注本文之下。

參考書目

一、中國文學史中世卷，鄭振鐸作（商務印書館印行，已絕版。）
二、插圖本中國文學史第二册，鄭振鐸作（北平樸社、新版將由商務印書館出版。）
三、敦煌俗文學參考資料，鄭振鐸編，燕京大學、暨南大學油印本。
四、敦煌零拾，羅振玉編（自印本。）
五、敦煌掇瑣第三輯，劉復編（中央研究院出版。）
六、彊村叢書，朱祖謀編（自印本。）
七、彊村遺書，龍沭勛編（自印本。）
八、世界文庫第一卷第六册，鄭振鐸編（生活書店出版。）

第六章　變文

一

在燉煌所發現的許多重要的中國文書裏，最重要的要算是『變文』了。在『變文』沒有發現以前，我們簡直不知道：『平話』怎麽會突然在宋代產生出來？『諸宮調』的來歷是怎樣的？盛行於明、清二代的寶卷、彈詞及鼓詞，到底是近代的產物呢？還是『古已有之』的？許多文學史上的重要問題，都成爲疑案而難於有確定的回答。但自從三十年前史坦因把燉煌寶庫打開了而發現了變文的一種文體之後，一切的疑問，我們纔漸漸的可以得到解決了。我們纔在古代文學與近代文學之間得到了一個連鎖。我們纔知道宋、元話本和六朝小說及唐代傳奇之間並沒有什麽因果關係。我們纔明白許多千餘年來支配着民間思想的寶卷、鼓詞、彈詞一類的讀物，其來歷原來是這樣的。這個發現使我們對於中國文學史的探討，面目爲之一新。這關係是異常的重大。假如在燉煌文庫裏，祇發現了韋莊的秦婦吟，王梵志的詩集，許多古書的鈔本，許多佛道經，許多民間小曲和敍事歌曲，許多游戲文章，像燕子賦和茶酒論之類，那不過是爲我們的文學史添加些新的資料而已。但『變文』的發現，卻不僅是發現了許多偉大的名著，同時，也替近代文學史解決了許多難以解決的問題。這便是近十餘年來，我們爲什麼那樣的重視『變文』的發現的原因。本書以專章來研究『變文』，其原因也卽在此。如果不把『變文』這一個重要的已失傳的文體弄明白，則對於後來的通俗文學的作品簡直有無從下手之感。

在燉煌的許多重要作品裏，『變文』是最後爲我們所注意的。史坦因和伯希和獲得了燉煌文庫裏的許多文卷之時，他們並不注意到有這樣的一種特殊的『文體』。許多人鈔錄着，影印着燉煌文卷之時，他們也沒有注意到這樣重要的一種發現。最早將這個重要的文體，『變文』發表了出來的，是羅振玉。他在敦煌零拾裏，翻印着佛曲三種。（敦煌零拾四）這是羅氏他自己所藏的東西。這三種都是首尾殘闕的，所以羅氏找不到原名，只好稱之爲『佛曲。』但在他的跋裏，他已經知道，這樣的『佛曲，』和宋代的『說話人』的著作有關係了：

佛曲三種，皆中唐以後寫本。其第二種演維摩詰經，他二種不知何經。考古杭夢游錄，載說話有四家。一曰小說，謂之銀字兒。如烟粉靈怪，傳奇，公案，皆是搏拳提刀趕棒及發跡變態之事。說經謂演說佛書，說參謂參禪，說史謂說前代興廢戰爭之事。武林舊事載諸技藝，亦有說經。今觀此殘卷，是此風肇於唐而盛於宋兩京。元明以後，始不復見矣。甲子三月，取付手民。卷中訛字甚多，無從是正，一仍其舊。

羅氏把『佛曲』作爲宋代『說經』的先驅，這是很對的。可惜他並沒有發現其他『非說經』的『變文，』所以，不知道『變文』並也是『小說』和『說史』的先驅。

這佛曲三種，今已知其原名者爲：

（一）降魔變文

（二）維摩詰經變文

其他一種，演有相夫人升天事，不知其原名爲何。陳寅恪先生名之爲『有相夫人升天曲。』但實非『曲』也。

後來日本的幾位學者對於『變文』也有一番研究，卻均不能得其眞相所在。劉半農先生在巴黎、國家圖書館鈔得了不少的敦煌卷子，曾刊爲敦煌掇瑣三輯。其中收『變文』不少。但獨遺漏了最重要的若干卷的維摩詰經變文，實可遺憾！大約他爲了這是演佛經故事的，故忽視了牠。北平書肆曾出現了一卷完全的降魔變文，到了劉先生手裏，他也未收。幸爲胡適之先生所得，不至流落國外。

胡適之先生在倫敦讀書記裏，獨能注意到維摩詰經變文的重要，這是很可佩服的。可惜他的白話文學史沒有續寫下去，這一部分的材料，他便也不能有整理和發表有系統的研究的機會。

我在中國文學史中世卷上册裏，曾比較詳細的討論到『變文』的問題。但那個時候，所見材料甚少：敦煌掇瑣也還不曾出版。將那些零零落落的資料作爲研究的資料，實在有些嫌不够。我在那裏，把『變文』分爲『俗文』和『變文』兩種，以演述佛經者爲『俗文』，以演述『非佛教』的故事者爲『變文』，這也是錯誤的。總緣所見太少，便不能沒有臆測之處。（那時，北平圖書館目錄上，是有『俗文』的這個名稱的，故我便沿其誤了。）

在我的插圖本中國文學史（第二册）裏，對於『變文』的敍述便比較的近於眞確，我現在的見解，還不曾變動。但所得的材料，比那個時候卻又多了不少。

二

在沒有找到『變文』這個正確的名稱之前，我們對於這個『文體』是有了種種的臆測的稱謂的。

我們知道他們是被歌唱的，且所唱的又大致都是關於故事，故有的學者便直稱之曰：『佛曲』

但這和唐代流行的『佛曲』有了很可混淆的機會。有少數的人，竟把『變文』和唐代『佛曲』混作一談。但這實在是很不對的。他們之間有着極大的區別。『佛曲』是梵歌，是宗教的讚曲，但『變文』卻是一種嶄新的不同的成就更爲偉大的文體。

把『變文』稱爲『佛曲』是毫無根據的。

我們又知道他們是大部分演述佛經的故事的；甚至，像維摩詰經變文之類，他們是先引一段「經文，」然後再加以闡發和描狀的。所以，有的人便稱之曰：

「俗文。」

所謂「俗文」之稱，大約是指其將「佛經」通俗化了的意思。

但這也是毫無根據的。今所見到的「變文，」沒有一卷是寫作「俗文」的，除了從前北平圖書館的目錄上如此云云的記錄着。

亦有稱之曰：

「唱文」

在巴黎所藏的維摩詰經變文，凡五卷，目錄（伯希和目錄）上均作：

維摩唱文殘卷（這五卷，號碼是一個 P. 2873）

同時，伯希和目錄上，又有

法華經唱文一卷(P. 2305)

不知原名是否如此?倫敦博物院所藏,有:

維摩唱文綱領一卷(S. 3113)

或者『變文』在當時說不定也被稱爲『唱文。』

或有稱之曰:

『講唱文』

這個名稱,只見一例,卽倫敦博物院所藏的一卷:

溫室經講唱押座文

恐怕,所謂『講唱押座文,』只是當時寫者或作者隨手拈來的一個名稱吧。

其他,尙有人稱之曰:

『押座文,』

或稱之曰:

『緣起』

的。稱『押座文』的，頗多，像：

維摩押座文（S. 1441）

降魔變押座文（P. 2187）

破魔變押座文（P. 2187）

上舉的温室經講唱押座文也是其一。但我們要注意的，在『押座文』之上還有一個『變』字。（『變文』或簡稱爲『變』）。所謂『押座文』實在並不是『變文』的本身的別一名稱；所謂『押座文』，大約便是『變文』的引端或『入話』之意。

『緣起』也許也便是『入話』之類的東西吧。但也許竟是『變文』的別一稱謂。以『緣起』爲名的變文凡三見：

一、醜女緣起（P. 3248）

二、大目錄緣起（P. 2193）

三、善財入法界緣起鈔卷四（P. ?）

在這三卷裏只有第一卷，我們是讀到的。中有『上來所謂醜變』之語，可見其名稱仍當是『醜女變文』。在這裏把『緣起』作爲『變文』的別名，當不會十分的錯誤。

但就今日所發現的文卷來看，以『變文』爲名的，實在是最多，例如：

一、降魔變文（胡適之藏）

二、舜子至孝變文（P. 2721）

三、大目乾連冥間救母變文（P. 1319，又 S.）

四、八相成道變（北平圖書館藏）

凡有新發現，大抵皆足證明『變文』之稱爲最普遍。

且也還有別的旁證，足爲我們的這個討論的根據。

太平廣記（卷二百五十一）裏，記載着張祜和白居易的一段故事：

『祜亦嘗記得舍人目連變。』白曰：『何也？』曰：『「上窮碧落下黃泉，兩處茫茫皆不見，」非目連變何邪？』（出王定保摭言。）

張祜所謂『目連變』也許指的便是我們所知道的目連變文吧？

在唐代，有所謂『變相』的，卽將佛經的故事繪在佛舍壁上的東西。張彥遠歷代名畫記記之甚詳。吳道子便是一位最善繪『地獄變』（『變相』也簡稱爲『變』）的大畫家。像沒有一個寺院的壁上沒有『變相』一樣，大約在唐代，許多寺院裏也都在講唱着『變文』吧。

唐、趙璘因話錄（卷四）有一段描寫寺廟裏說故事的記載，最値得我們的注意：

有文淑僧者，公爲聚衆譚說，假托經論。所言無非淫穢鄙褻之事。不逞之徒，轉相鼓扇扶樹。愚夫冶婦，樂聞其說，聽者塡咽寺舍。瞻禮崇拜，呼爲和尙教坊。效其聲調，以爲歌曲。其甿庶易誘。釋徒苟知眞理及文義稍精，亦甚嗤鄙之。近日庸僧以名繫功道使，不懼台省府縣，以士流好窺其所爲，視衣冠過於仇讎。而淑僧最甚。前後杖背，流在邊地數矣。

趙璘根本上看不慣這種『聚衆譚說假託經論』之事，也極『嗤鄙』其文辭。盧氏雜說（太平廣記卷二百四引）云：

文宗善吹小管。時法師文溆爲入內大德。一日，得罪，流之。弟子入內收拾院中籍入家具，猶作法師講声。上採其聲爲曲子，號文溆子。

這一段話，和因話錄的一段，對讀起來，可知文漵卽文淑。樂府雜錄云：

長慶中，俗講僧文敘，善吟經，其聲宛暢，感動里人。

所謂『俗講僧，』當卽是講唱『變文』的和尚吧。爲了變文中唱的成分頗多，故被文宗（或愚夫冶婦，如因話錄所說）『採入其聲爲曲子。』（或效其聲調，以爲歌曲。）

像『變相』一樣，所謂『變文』之『變，』當是指『變更』了佛經的本文而成爲『俗講』之意。（變相是變『佛經』爲圖相之意。）後來『變文』成了一個『專稱，』便不限定是敷演佛經之故事了。（或簡稱爲『變。』）

三

『變文』是『講唱』的。講的部分用散文；唱的部分用韻文。這樣的文體，在中國是嶄新的，未之前有的。故能夠號召一時的聽衆，而使之『轉相鼓扇扶樹。愚夫冶婦樂聞其說。聽者塡咽寺舍。』這是一種新的刺激，新的嘗試！

在古代，散文裏偶然也雜些韻文，那也『引詩以明志』的舉動，和『變文』之散韻交互使用者決非『同科』。劉向列女傳之『讚』和班固漢書的『贊』，雖用的韻文散文不用，其作用則一也。韓詩外傳所用的『詩』，也不外是以故事來釋『詩』，都非『變文』的祖禰。

『變文』的來源，絕對不能在本土的文籍裏來找到。

我們知道，印度的文籍，很早的便已使用到韻文散文合組的文體。最著名的馬鳴的本生鬘論也曾照原樣的介紹到中國來過。一部分的受印度佛教的陶冶的僧侶，大約曾經竭力的在講經的時候，模擬過這種新的文體，以吸引聽衆的注意。得了大成功的文溆或文漵便是其中的一人。

從唐以後，中國的新興的許多文體，便永遠的烙印上了這種韻文散文合組的格局。

講唱『變文』的僧侶們，在傳播這種新的文體結構上，是最有功績的。

『變文』的韻式，至今還爲寶卷、彈詞、鼓詞所保存。眞可謂爲源微而流長了！

考『變文』所用的韻式，（就今日所見到的許多『變文』歸納起來說）最普通的是七言；像維摩詰經變文（第二十卷：）

佛言童子汝須聽，勿爲維摩病苦縈，四體有同臨岸樹，雙眸無異井中星。
心中憶問何曾罷，丈室思吾更不停，斟酌光嚴能問活，吾今對衆遣君行。
丁寧金口讚當才，切莫依前也讓退，汝見維摩情款曲，維摩見汝喜徘徊。
不於年臘人中選，直向聰明衆裏差，必是殄憂能問病，莫須排當唱將來。

像降魔變文：

長者既蒙聖加護，一切迷信頓開悟，舍利弗相隨建道場，擬請如來開四句。
巡城三面不堪居，長者怨煩心猶預，乘象思村向前行，忽見一園花果茂。
須達舍利乘白象，往向城南而顧望，忽見寶樹數千株，花開異色無般當。
祥雲瑞蓋滿虛空，白鳳青鸞空裏颺，須達嗟嘆甚希奇，瞻仰尊顏問和尙。
舍利迴頭報須達，此園妙好希難遇，聖鍾應現樹林間，空裏天仙持供具。
過去諸佛先安居，廣度衆生無億數，明知聖力不思議，此是如來說法處。
須達聞說甚驚疑，觀此園亭國內希，未知本主誰人是，百計如何買得之。
世上好物人皆愛，不賣之人甚難期，良久沉吟情不悅，心裏迴惶便忸怩。
喚得園人來借問，園主當今是阿誰，我今事物須相見，火急具說莫遲違。
園人叉手具分披，園主富貴不隨宜，現是東宮皇太子，每日來往自看之。

不向園來三數日，倍加脩飾勝常時。長者欲識其園主，乃是波斯國王兒。

像八相變文：

無憂樹下暫攀花，右脅生來釋氏家，五百夫人隨太子，三千宮女棒摩耶。
堂前再政鴛鴦彼，彼象危休登舉車，產後孩童多瑞福，明君聞奏喜無涯。

也有於「七言」之中夾雜着「三言」的。這「三言」的韻語使用着的時候，大都是兩句合在一處的。仍似是由「七言」語句變化或節省而來。像維摩詰經變文（第二十卷）：

智惠圓，福德備，佛果將成出生死，牟尼這日發慈言，交往毗耶問居士。
載天冠，服寶帔，相好端嚴注王子，牟尼這日發慈言，交往毗耶問居士。
越三賢，超十地，福德周圓入佛位，牟尼這日發慈言，交往毗耶問居士。
足詞才，多智惠，生語惣瑞无相里，牟尼這日發慈言，交往毗耶問居士。
果報圓，已受記，末世成佛號慈氏，牟尼這日發慈言，交往毗耶問居士。
難測度，難思議，不了二門自他利。牟尼這日發慈言，交往毗耶問居士。

後來的許多寶卷、彈詞、鼓詞的、三七言夾雜使用着的韻式便是直接從「變文」這個韻式流演下來的。

也有使用六言的，像八相變文：

當日金團太子，攢身來下人間，福報合生何處，遍看十六大國。
從門皆道不堪，唯有迦毗羅城，天子聞多第一，社稷萬年國主。
祖宗千代輪王，我觀過去世尊，示現皆生佛國，看了卻歸天界。
隨於菩薩下生，時昔七月中旬，託陰摩耶腹內，百千天子排空下。
同向迦毗羅國生。

但那是極罕見到的式子。也間有使用到五言的，像八相變文：

老人道：

拔劍平四海，橫戈敵萬夫。一朝牀枕上，起臥要人扶。

那也是極不多見的韻式。

就一般的說來，『變文』的韻式，全以七言的主而間雜以三言；僅有極少數的例子，是雜以五言或六言的。卽雜五言或六言的『變文』，其全體仍是以『七言』組織之的。

關於散文部分，『變文』的作者們大體使用着比較生硬而幼稚的白話文，像八相變文：

太子作偈已了，卽便歸宮，顏色忙祥，愁憂不止。大王聞太子還宮，遣宮人遂喚太子，「吾從養汝，只是懷愁。昨日遊觀西門，見於何物?」太子奏大王曰「昨日遊翫,不見別物,見一病兒,形骸羸瘦。遂遣車匿,去問病者只是一人?他道世間病患之時,不論貴賤。聞此言語,實積憂愁。謹咨大王,何必怪責。」大王遂遣太子來日卻往巡遊,至於北門。忽見一人,歸於逝路,四支全具,九孔□□。臥在荒郊,膖脹壞爛。六親號叫,九族哀啼,散髮披頭,渾搥自撲。遂遣車匿往問,問云「此是何人?」喪主具說實言道:「此是死事。」「即公一個死世間亦復如然?」喪主道,「王侯凡庶,一般死相,亦無二種。」

像伍子胥變文:

楚王太子長大,未有妻房,王問百官,『誰有女堪爲妃后?朕聞國無東宮半國曠,地東海流泉溢,樹無枝半樹死。太子爲半國之尊,未有妻房,卿等如何?』大夫魏陵啓言王曰:『臣聞秦穆公之女,年登二八,美麗過人,眉如盡月,頰似凝光,眼似流星,面如花色,髮長七尺,鼻直顏方,耳似璫珠,手垂過膝,拾指纖長。願王出勑,與太子平章。儻如得稱聖情,萬國和光善事。』遂遣魏陵召募秦公之女。楚王喚其魏陵曰:『勞卿遠路,冒涉風霜。』其王見女姿容麗質,忽生狼虎之心。魏陵曲取王情:『願陛下自納爲妃后。東宮太子,別與外求。美女無窮,豈妨大道。』王聞魏陵之語,喜不自昇,卽納秦女爲妃,在內不朝三日。伍奢聞之忿怒,不懼雷霆之威,披髮直至殿前,觸聖情而直諫。王卽驚懼,問曰:『有何不祥之事?』伍奢啓曰:臣今見王無道,慮恐失國喪邦。忽若國亂臣逃,豈不由秦公之女!與子娶婦,自納爲妃,共子爭妻,可不慚於天地!此乃混沌法律,顚倒禮儀。臣欲諫交,恐社稷難存。』王乃面慚失色,羞見羣臣。『國相,可不聞道:成謀不說,覆水難收;事以斯,勿復重諫。』伍奢見王無道,自納秦女爲妃,不懼雷霆之威,觸聖情而直諫。『陛下是萬人之主,統領諸邦,何得信受魏陵之言!』

但也有作者是使用着當時流行的駢偶文的。像維摩詰經變文的作者便是一位最善於驅遣駢偶文來描狀人情，形容物態的。想不到駢偶文的使用會有了這一方面的發展。（唐代是把駢偶文當作應用文的時代。有了陸宣公的奏議，又有「變文」的創作，其發展可謂爲已達到了最高的與最有彈性的階段。唐末以來，駢文的格律更爲嚴格而偏狹，變成了「四六文」那便是殭化的時代了）。

三萬二千菩薩，八千餘數聲聞，盡惣顒顒合掌，無非楚楚斂容。宣命者如抱慙惶，怕羞者盡懷憂懼。會中悄悄，飲氣吞聲。天花落一枝兩枝，甘露灑十點五點。世尊乃重開金口，別選一人，傳牟尼安慰之詞，問居士纏綿之相。有一童子，名號光嚴，相圓明而特異衆人，心朗曜而迴然高士。修行曩劫，磨練多生。煩惱之海欲枯，智惠之山將乾。隨緣化物，愛處及塵。如蓮不染於淤泥，似桂無侵於霜雪。諸佛祕藏，說之而義若湧泉，菩薩法門，入之而去同流水。身三口四，喻日月之分明；言直心眞，現嬰童之純禮。不居淨土，也往娑婆。渾俗塵寧顯姓名，爲道者全亡人事。此日聽佛說法；亦在菴薗貯謙謹於情懷，處卑微之座位。佛於大衆乃命光嚴：汝須從座起來，聽我今朝敕命。光嚴被喚，便整容儀，纖手舉而淡泞風光，玉步移而威儀庠序，蹤虔恭跡之禮，仰示慈尊。寶冠亞而風颯符枝，瓔珞瑤而霞飛錦柱。天人齊看，凡聖皆歡。卓然立在於佛前，側耳專聽於勅命。世尊告曰：汝且須知，吾有一大事因緣，藉汝佛與吾弘傳至教。內外維摩居士，是我們徒作俗中引道之師，爲世上照人之鏡。忽爾於攝治，今有痾生，纏綿於丈室枕床，妨碍於大城遊履。塵首塵尾，藥滿鷄窗。有心凭機以呻吟，無力杖梨而敎化。我今憋念，欲擬女存。聊伸法乳之情，貴表師資之義。我尋乎小聖，五百聲聞，分疎之皆曰不任，盡惣乃苦遭罵辱。我也委知難去，不是階齊。如熒火之光明，敲夫陽之赫奕。必知菩薩問得維摩。三空之理既同，七辯之詞不異。未上先呴彌勒，令入此耶成佛。雖在龍華爲使，不任詣彼。誰知彌勒也有瑕疵。對知足天人之前，曾被維摩問難。適來汝兄彌勒，若問推詞——問疾佛使——不可暫停。居士便長時懸望。我今知汝家教聰明，無瑕玼似童子一般，有行解與維摩無異。汝於今日更莫推詞，共爲苦海之舟航，同作人天之眼目。莫藏智釼，勿怪囊錐。事須爲我分憂，問疾略過方丈。

降魔變文的作者，對於駢偶文的使用更爲圓熟純練，已臻流麗生動的至境。

六師既兩度不如，神情漸加羞恧。強將頑皮之面，衆裏化出水池。四岸七寶莊嚴，內有金沙布池。浮萍荍草，遍綠水而竟生，弱柳芙蓉，帀靈沼而氛氳。舍利弗見池奇妙，亦不驚嗟。化出百象之王，身軀廣潤，眼如日月，口有六牙。每牙吐七枚蓮花，華上有七天女，手撐弦管，口奏弦歌。聲雅妙而清新，姿逶迤而姝麗。象乃徐徐動步，直入池中，蹴踏東西，廻旋南北。已鼻吸水，水便乾枯。岸倒塵飛，變成旱地。于時六師失色，四衆驚嗟，合國官僚，齊聲歎異。

最妙的是，維摩詰經變文的『持世菩薩』卷，作者頗能於對偶之中，顯露其華豔絕代的才華。

是時也，波旬設計，多排婇女嬪妃，欲惱聖人，剩烈奢化。艷質希奇魔女一萬二千，最異珍珠千般，結果出塵菩薩不易惱他，持世上人如何得退。莫不剩裝美貌，元非多着嬋娟。若見時交坊出言詞，稅調着必生退敗。其魔女者，一個個如花菡萏，一人人似玉无殊。身柔軟兮新下巫山，貌娉婷兮纔離仙洞。盡帶桃花之臉，皆分柳葉之眉。徐行時若風颯芙蓉，緩步處似水搖蓮亞。朱脣旖旎能赤能紅；雪齒齊平能白能淨。輕羅拭體，吐異種之馨香；㵎纈掛身，曳殊常之翠彩。排於坐右，立在宮中。青天之五色雲舒，碧沼之千般花發。罕有罕有，奇哉奇哉。空將魔女嬈他，为恐不能驚動。更請分爲數隊，各逞逶迤，擎鮮花者慇懃獻上，焚異香者倍切虔心合玉指而禮拜重重，出巧語而詐言切切。或擊樂器，或卽或哦；或施窈窕，或卽唱歌。休誇越女，莫說曹娥。任伊持世堅心，見了也須退敗。大好大好，希哉希哉。如此麗質嬋娟，爭不忘生動念。自家見了，尙自魂迷；他人覩之，定當亂意。任伊修行緊切，稅調着必見迴頭；任伊鐵作心肝，見了也須粉碎。魔王道：『我只役去定是菩薩識我。不如作帝釋隊仗，問許伊時菩薩』。於是魔王大作奢花，欲出宮城，從天降下。周迴捧擁，百迎千連，樂韻弦歌，分爲二十四隊。步步出天門之界，遙遙別本住宮中。波旬自乃前行，魔女一時從後。擊樂器者宣宣奏曲，響聒清霄；爇香火者灑灑煙飛，氤氳碧落。竟作奢華美貌，各申窈窕儀容。擎鮮花者共花色无殊，捧珠珍者共珠珍不異。琵琶弦上，韻合春鶯；簫管中，聲吟鳴鳳。杖敲揭鼓，如抛碎玉枍盤中；手弄奏箏，似排鴈行枍弦上。輕輕絲竹，太常之美韻莫偕；浩浩唱歌，胡部之豈能比對。妖容轉盛，艷質更豐。一羣羣若四色花敷，一隊隊似五雲秀麗。盤旋碧落，菀轉清霄。遠看時意散心驚，近覩者魂飛目斷。從天降下，若天花亂雨於乾坤；初出魔宮，似仙娥芬霏於宇宙。天女咸生喜躍，魔王自已欣歡。此時計較得成，持世修行必退。容貌恰如帝釋，威儀一似梵王。聖人必定无疑，持世多應不怪。天女各施於六律，人人調弄五音。唱歌者者詐作道心，供養者假爲虔敬。莫遣聖人省悟，莫交菩薩覺知。發言時直要停藤，稅調處直須穩審。各請擎鮮花於掌內，爲香燒沉麝於爐中。呈珠艷而剩逞妖容，展玉貌而更添艷麗。浩浩簫韶前引，喧喧樂韻齊聲。一時皆下於雲中，盡入修禪之室內。

這樣誇奢鬪豔的寫法，在印度是『司空見慣』的，但在中國便成了奇珍異寶了。雖以漢賦的恣意形容，多方誇飾，也不足以與之比肩。我很疑心，後來小說裏的四六言的對偶文學來形容宮殿、美人、戰士、風景以及其他事物，其來源恐怕便是從『變文』這個方面的成就承受而來的。

四

但「變文」的作者們是怎樣的將韻文部分和散文部分組合起來呢？這是有種種不同的方式的。但大別之不外兩類。第一類是將散文部分僅作爲講述之用，而以韻文部分重複的來歌唱散文部分之所述的。這樣重疊的敍述，其作用，恐怕是作者們怕韻文歌唱起來，聽衆不容易了解，故先用散文將事實來敍述一遍，其重要還在歌唱的韻文部分。像維摩詰經變文「持世菩薩」卷：

〔白〕當日持世菩薩告言帝釋曰，「天宮壽福有期，莫將富貴奢花，便作長時久遠。起坐有自然音樂，順意笙歌。所以多異種香花，隨心自在。天男天女，捧擁无休，寶樹寶林，巡遊未歇。隨心到處，便是樓臺，逐意行時，自成寶香。花開便爲白日，花合卽是黃昏。思衣卽羅綺千重，要飯卽珍羞百味。如斯富貴，實卽奢花，皆爲未久之因緣，盡是不堅之福力。帝釋、帝釋，要知、要知。休於五欲留心，莫向天宮恣意。雖卽壽年長遠，還無究竟之多；雖然富貴驕奢，豈有堅牢之處。壽夭力盡，終歸地獄三途，福德纔無，卻入輪迴之路。如火然盛，木盡而變作塵埃；似箭射空，勢盡而終歸墮地。未逃生死，不出无常，速指內外之珍財，證取無爲之妙果。勤於仙法，悟取眞如，少戀榮華，了知是患。深勞帝釋，將謝道從，與君略出，甚深悟取，超於生死。

〔古吟上下〕天宮未免得无常，福德纔微卻墮落。富貴驕奢終不久，笙歌恣意未爲堅。

任誇玉女貌嬋娟，任逞月娥多豔態，任你奢花多自在，終歸不免卻無常；

任誇錦繡幾千里，任你珍羞餐百味，任是所須皆總蓟，終歸難免卻無常；
任教福德相嚴身，任你眷屬長圍遶，任你隨情多快樂，終歸難免卻无常；
任教清樂奏弦歌，任使樓臺隨處有，任遣嬪妃隨後擁，終歸難免也无常；
任伊美貌最希奇，任使天宮多富貴，任有花開香滿路，終歸難免卻无常。
莫於上界恣身心，莫向天中五欲深？莫把驕奢爲究竟，莫躭富貴不修行！
還知彼處有傾摧，如箭射空隨志地。多命財中能之了，修行他不出无常。
索將勞帝釋下天來，深謝弦歌皷樂排。玉女盡皆覺悟取，嬋娟各要出塵埃。
天宮富貴何時了？地獄煎熬幾萬迴。身命財中能悟解，使能久遠出三災。
須記取，傾心懷，上界天宮卻請迴。五欲業山隨日滅，躭迷障嶽逐時摧。
身終使得堅牢藏，心上還除染患胎。帝釋敢師兄說法力，着何酬答唱將來：

那韻文部分還不是散文部分的放大的重述麽？

但比較的更合理（？）的『變文』的結構，乃是第二類的以散文部分作爲『引起』，而以韻文部分來詳細敍狀。在這裏，散文、韻文便成了互相的被運用，互相的幫助着，而沒有重床疊屋之嫌了。這種式樣，像大目乾連冥間救母變文：

「和尙卻歸，爲傳消息，交令造福，以救亡人。除佛一人，無由救得。願和尙捕提涅盤，尋常不沒，運載一切衆生智惠，鈕勤磨不煩惱林而誅威行，普心於世界，而諸佛之大願。儻若出離泥犂，是和尙慈親普降。」目連問以，更往前行。時向中間，卽至五道將軍坐所，問阿孃消息處：

五道將軍性令惡，金甲明晶，劍光交錯，左右百萬餘人，總是接長手腳。

叫譈似雷驚振動，怒目得電光耀鶴，或有劈腹開心，或有面皮生剝。

目連雖是聖人，煞得魂驚膽落。目連啼哭念慈親，神通急速若風雲。

若聞冥途刑要處，無過此个大將軍。左右攢槍當大道，東西立杖萬餘人。

縱然擧目西南望，正見俄俄五道神。守此路來經幾劫，千軍萬衆定刑名。

從頭自各尋緣業，貧道慈母傍行檀。魂魄飄流冥路間，若問三塗何處苦，

咸言五道鬼門關。畜生惡道人遍遶，好道天堂朝暮閑。一切罪人於此過，

伏願將軍爲檢看。將軍合掌啓闍梨，不須啼哭損容儀。尋常此路恆沙衆，

卒問靑提知是誰。太山都要多名部，察會天曹并地府。文牒知司各有名，

符吊下來過此處。今朝弟子是名官，暫與闍梨檢尋看。百中果報逢名字，

放覓縱由亦不難。

將軍問左右曰：「見一靑提夫人以否？」左邊有一都官啓言：「將三年已前，有一靑提夫人，被阿鼻地獄牒上索將，見在阿鼻地獄受苦。」目連聞語，啓言將軍。報言：「和尙，一切罪人，皆從王邊斷決，然始下來。」

像伍子胥變文，其韻文部分和散文部分更是互相聯鎖着，分析不開，無接痕可尋，無裂縫可得了。

女子答曰：『兒聞古人之語，蓋不虛言，情去意難實留，斷絃由可續。君之行李，足亦可知。見君盼後看前，面帶愁容，而步涉江山，迢遰冒染風塵。今乃不棄卑微，敢欲邀君一食。』兒家本住南陽縣，二八容光如皎練。泊沙潭下照紅粧，水上荷花不如面。客行由同海泛舟，薄暮皈巢畏日晚。儻若不棄是卑微，願君努力當餐飯。子胥即欲前行，再三苦被留連，人情實亦難通，水畔存身即坐。喫飯三口，便即停餐。媿賀女人，即欲進發。更蒙女子勸諫，盡足食之。慚愧彌深，乃論心事。子胥答曰：『下官身是伍子胥，避楚逝遊入南吳。慮恐平王相捕逐，爲此星夜涉窮途。蒙賜一餐甚充飽，未審將何得相報？身輕體健目精明，即欲取別登長路。僕是棄背帝卿賓，今被平王見尋討。恩澤不用語人知，幸願娘子知懷抱。』子胥語已向前行，女子號咷發聲哭。哀客惸惸實可念，以死匍匐乃貪生。食我一餐由未足，婦人不愜丈夫情。君雖貴重相辭謝，兒意慙君亦不輕。語已含啼而拭淚，君子容儀頓顦顇。儻若在後被追收，必道女子相帶累。世不若與丈夫言，與母同居住鄰里。嬌愛容光在目前，烈女忠貞良虛棄。喚言仵相勿懷疑，遂即抱石投河死。子胥迴頭聊長望，念念女子懷惆悵。遙見抱石透河亡，不覺失聲稱冤枉。無端潁水滅人蹤，落淚悲嗟倍悽愴。儻若在後得高遷，唯贈百金相殯葬。

其他關於『變文』的結構，倘有可注意的幾端。

『變文』原來是演經的。他們講唱佛經的故事，其根據自在佛經裏。大約爲了『徵信』或其他理由，講唱『變文』者，在初期的時候，必定是先引『經文，』然後纔隨加敷演的。像維摩詰經變文，每段之首，必引『經』文一小段，然後盡情的加以演說與誇飾，將之化成光彩絢爛的錦繡文字。還有阿彌陀經變文也是如此的。不過其結構更爲幼稚。（或許是最初期之作吧。）其散文部分，便是『經文，』其下即直接着歌唱的韻文。

> （前缺）復次舍利弗，彼國有種種奇妙雜色之鳥。此鳥韵□分五：一總標羽唉，二別顯會名，三轉和雅音，四詮論妙法，五聞聲動念。
>
> 西方佛淨土，從來九異禽。偏翻呈瑞氣，寥亮演清音。
>
> 每見祛塵網，時聞益道心。彌陀親所化，方悟願緣深。
>
> 青黃赤白數多般，端政珍奇顏色別。不是鳥身受業報，並是彌陀化出來。
>
> 白野鶴 鄜州進 輕毛坫雪翅開霜，紅觜能深練尾長。

但大多數的『變文』像大目乾連冥間救母變文，像八相變文，像降魔變文等，都是不引用經文的。他們直捷了當的講唱故事，並不說明那故事的出處，更不注意到原來的經文是如何的說法。至於一般的不說唱佛經的故事的變文，自然更無須乎要『引經據典』的了。

一部分『變文』講唱佛教故事的，往往於說唱之間，夾雜入『宣揚佛號』的『合唱。』這個習慣，現在唱寶卷的人們還保持着沒有失去。

在應該『宣揚佛號』的地方，作者便註明『佛子』二字。像八相變文：

雖是泥人，一步一倒，直至大王馬前，禮拜乞罪。（佛子）

記得胡適之先生曾解釋『佛子』二字爲『看官們』之意，說是對聽衆說的話，其實是錯的。在有的地方，『變文』的作者便直捷的寫出『佛號』來。這難道也是對聽衆的稱呼麼？

此外，尙有『吟』『斷』『平』這一類的特用辭語，（像維摩詰經變文用的這一類的辭語便最多，）大約也不外乎是『詩曰，』『偈曰』之意；故其間用處相同而用辭不同的地方很多。卽作者們自己似也是混用着的。

五

『變文』的分類很簡單。大別之，可分爲：

（一）關於佛經的故事的；

（二）非佛經的故事的。

講唱佛經的故事的變文，又可分爲：

（一）嚴格的『說』經的；

（二）離開經文而自由敍狀的。

第一類的變文，上文已經舉出過，是維摩詰經變文及阿彌陀經變文等。

維摩詰經變文爲今所知的『變文』裏的最弘偉的著作。巴黎國家圖書館所藏的維摩詰經變文第二十卷，纔講到要持世上人去問疾的事。但持世菩薩問疾卷，今所見的已是第二卷了，還只唱到持世見到魔王波旬所送的天女，狼狽不堪，而『天女當時不肯去，阿誰與解救』呢？恐怕其後還有三兩卷，而文殊問疾，今所見到的，也只有第一卷，纔講唱到文殊允去問疾，到維摩詰居士去的事。而底下恐還不止兩三卷。這樣，則這部偉大的變文，恐怕總有三十卷以上的篇幅了。這可算是唐代最偉大的一部名著了，也可以是往古未有的一部偉大弘麗的敍事詩了。

可惜今日所能見到，祇有：

（一）維摩詰經變文第二十卷（巴黎國家圖書館藏。）

（二）維摩詰經變文持世菩薩第二卷（燉煌零拾本。）

（三）維摩詰經變文文殊問疾第一卷（北平圖書館藏。）

這三卷而已。其實我們所知今存的實不止此數，在巴黎國家圖書館裏的，至少尚有左列的幾卷：

（一）維摩唱文殘卷。

（二）維摩唱文殘卷。

（三）維摩唱文殘卷。

（四）維摩唱文殘卷。

（五）維摩唱文殘卷。

伯希和將以上五卷合編爲一號（P. 2873），但目錄上既分列爲五項，當是五卷，必非一卷也。

又胡適之先生從巴黎國家圖書館所鈔來的一卷，是首尾完全的，（P. 2293），其目錄卻又另列一處，可見其中也許尚不止有此六卷。

倫敦博物院所藏維摩詰經變文也有五卷：

（一）維摩變文殘卷。

（二）維摩變文殘卷。

（三）維摩變文殘卷。

（四）維摩變文殘卷。

（五）維摩變文殘卷。

以上五卷也合編爲一號（S. 4571）但既分爲五卷，恐也必非「一卷」了。此外，又有

（六）維摩唱文綱領（S. 3113）。

（七）維摩押座文（S. 1441）。

等有關係的文字二卷。今日所有的這部「變文」大約總在十五卷以上的。（其中當然有一部分是殘闕不全的。）很可惜的是，我們讀到的只是其中五之一。但就這五之一讀到的而論，我們已爲

其弘偉的體製，描狀的活躍，辭彩的駿麗，想像的豐富所震憾了。印度經典素以描狀繁瑣著稱，但我們的作者卻從維摩詰經上更引伸、更廓大、更加煊染而成爲這部維摩詰經變文，較原文增大了至少三十倍以上。這不能不說是自印度文學輸入以來的一個最大的奇蹟了。

維摩詰經本來是一部最富於文學趣味的著作。很早的時候，（在三國的時候）吳支謙，一位最早的佛典翻譯家，便介紹了這部經典給我們。

佛說維摩詰經二卷　吳、支謙譯（大藏經本）

到了姚秦的時候，最大的佛經翻譯家鳩摩羅什又重譯了一次。

維摩詰所說經三卷　姚秦、鳩摩羅什譯（大藏經本。）

後人爲維摩詰所說經作注作疏者也不止三五家：

維摩詰所說經注十卷　姚秦、僧肇注（弘教書院印大藏經本。）

維摩經文疏二十八卷　隋、智顗撰（續藏經本。）

維摩經玄疏六卷　隋、智顗撰（大藏經本。）

維摩經義記八卷　隋、慧遠撰（續藏經本。）
維摩經義疏六卷　隋、吉藏撰（大藏經本。）
維摩經疏記三卷　唐、湛然述（續藏經本。）
維摩經評註十四卷　明、楊起元評註（續藏經本。）

明末、湖州、閔刻的朱墨本文學名著裏也有維摩詰經三卷。這可見這部經典是如何的爲各時代的學者和文人們所重視。維摩詰經變文的作者把握住了這樣的一部不朽的大著而作爲他自己創作的根據，逞其才華，逞其想像力的奔馳，也便成就了一部不朽的大著。在文學的成就上看來，我們本土的創作，受佛經的影響的許多創作，恐將以這部『變文』爲最偉大的了。

我們想像到：當時開講這部維摩詰經變文的時候，聽衆們的情形，是如何的熱烈讚嘆。這『變文』，講述的時間，恐怕是延長到一年半載的。維摩詰經變文第二十卷，末有題記云：

廣正十年八月九日在西川靜眞禪院寫此第二十卷文書恰遇抵黑書了，不知如何得到鄉地去。

年至四十八歲於州中寵明寺開講極是温熱。

廣正十年是後漢、劉知遠的天福十二年（公曆紀元九四七年。）離現在已有一千年了。所謂『開講』時的『極是温熱』的空氣，我們到今日還有些感覺到吧。

但這位寫作維摩詰經變文的偉大作家是誰呢？這是無人能够回答的。胡適之先生爲方便計，即以『廣正十年八月九日在西川、靜眞禪寺寫此第二十卷』的僧徒爲這部『變文』的作者。這是一位四十八歲的能够『開講』變文的僧人，心裏是充滿了鄉愁的，故有『不知如何得到鄉地去』的云云。但根據『八月九日』這一天，『寫此第二十卷文書，恰遇抵黑書了』的話，恐怕這位開講維摩詰經變文的僧徒，未見得便是這部偉大變文的作者。因爲這『第二十卷』全部字數在一萬字左右，用一天的功夫，從早上到天黑便寫作完畢，是很難得使我們置信的事；特別的，像『變文』的這樣一種韻散合組的文體，絕難在一天之內便可完成近一萬字的一卷的。我猜想，這部僧徒，恐怕只是一位鈔手，故能在一天之內抄寫完一卷。這也有一個很好的旁證：卽這部鈔本（當是這位僧徒的原來手迹吧）破體字和別字甚多。以維摩詰經變文的那位偉大作家，似乎決不會這樣的草率寫就的。

這位鈔手的姓名，大約是靖通。在這『第二十卷』的開首，他有一個短箋：

普賢院主比丘　靖通

右靖通謹祗候

起居陳

賀

院主大德謹狀

正月　日普賢院主比丘靖通狀

這短箋，寫於『正月』。恐怕是寫而未用的，故便將餘紙來鈔寫這部維摩詰經變文第二十卷了。維摩詰經變文是全依維摩詰經爲起訖的。在每卷每節的講述之前，必先引經文一則。然後根據這則經文加以橫染，加以描寫。往往是十幾個字或二三十個字的經文，會被作者敷衍成三五千字的長篇大幅。像維摩詰經變文第二十卷的首節：

經云　佛告彌勒菩薩，汝行詣維摩詰問疾。

世尊見諸聲聞五百並惣不堪。此菩薩位超十地，果滿三祇，十號將圓，一生成道。證不可說之實際，解不可說之法門，神通能動於十方，智惠廣弘於沙界，隨無量之欲性，現無量之身形，入慈不捨於四弘，觀察唯除於六道，其相皃也面如滿月，目若青蓮，白毫之光彩晞暉，紫磨之身形隱約，諸根寂靜，手指纖長，載七寶之天冠，着六殊之妙眼。說法則清音廣大，辯才乃洪注流波。外道怖雷吼而心降，小聖蒙密言而意解。是以諸佛幽記，衆聖保持，成佛向未來世中，度脫於龍花會裏，現居兜率，來到菴薗。世尊遺問維摩，便於衆中喚出。彌勒承於聖旨，忙忙從座起來，動天冠而花寶玲瓏，整妙眼而珠瓔瀝落，禮儀有度，感德無倫，仰瞻三界之師，旋繞七珍之座，合十指掌，迊兩足尊，立在佛前，專齋處方。世尊乃告彌勒，此時有事商量，維摩臥疾於毗耶，今日與吾問去。吾之弟子，十大聲聞，尋常盡覓於名够，誠使多般而辭退，舍利弗林間晏座，賕被輕呵，目健連里巷談經，儘遭摧挫，大迦葉求貧捨富，平等之道里全乖，須菩提求富捨貧，解空之聲名虛忝，富樓那迦旃延之輩，惣因說法遭呵，阿那律優波離之徒，盡是目逢自風被辱，羅睺說出家有利，不知無利無爲，阿難乞乳憂疾，不了牟尼可現，惣推智短，盡說才微，皆言怕懼維摩，不敢過他方丈。況汝位超十地，果滿三祇，障盡習除，福圓惠滿，將成佛果，看座花臺，無私若杲日當天，不染似白蓮出水，上間天上，此界他方，罣賴汝提攜，六道一家君赦度，汝已竭愛增海，汝已消傾惝魔，汝已代愛稠林，汝已割貪羅綱，已度无邊衆，已絕有漏因，已到濕盤城，已上金剛座，佛法中龍象，賢聖內鳳麟，在會若鵠處雞羣，出衆似鵬遊霄漢，智惠威德，衆所讚揚，居士丈室染疾，使汝毗野傳語，速須排比，不要推延，若與維摩相見時，慰問所疾痊可否。詩云

小乘昔日惣遭嗔，若往分疎各說因，知汝神通超小聖，想君詞辯越聲聞。
不唯早證三身位，兼亦曾修萬德門。今爲維摩身染疾，事須勿傳語莫因循。

世尊喚命其彌勒，彌勒忩忩從座起。合十指爪設卑儀，問千花座聽尊旨。
六鉢衣裓襯金霞，七寶簪冠動朱翠，立在師前候聖言，仁无見者生歡喜。
辯才無得衆降伏，威德難傳佛讚景，牟尼這日發慈言，交往毗耶問居士。
智惠圓　福德備，佛果將成出生死，牟尼這日發慈言，交往毗耶問居士。
載天冠　服寶帔，相好端嚴法王子，牟尼這日發慈言，交往毗耶問居士。
越三賢　超十地，福德周圓入佛位，牟尼這日發慈言，交往毗耶問居士。
足詞才　多智惠，出語惣峙无相里，牟尼這日發慈言，交往毗耶問居士。
果報圓　已受記，來世成佛號慈氏，牟尼這日發慈言，交往毗耶問居士。
難測度　難思議，不了二門自他利，牟尼這日發慈言，交問毗耶問居士。
牟尼這日發慈言，處分他家語再三，十大聲聞多恐失，一生菩薩計應𢬵。
靖詞辯海人難及，妙智如泉衆共設，若見維摩傳慰問，好生祇對莫羞慙。
吾今對衆苦求哀，請汝依言莫逆懷，小聖從頭遭挫辱，大權次第合推排。
隨時行李看將出，奔𦖋排比不久迴，更莫分疎說理路，便須與去唱將來。

『經文』只有十四個字，但我們的作者卻把牠烘染到散文六百十三字，韻語六十五句。這魄力還不够偉大麽？這想像力還不够驚人麽？

最奇怪的是，經文的重複或相類似的敍述，我們的作者卻能完全免避了重複，以全然不同的手法和辭藻來描狀那相同的情形。我們看了在經文裏釋迦遣諸門徒去問維摩居士疾時每一段的開首都是大致相同的。

（一）佛告彌勒菩薩，汝行詣維摩詰問疾；

（二）佛告光嚴童子，汝行詣維摩詰問疾；

（三）佛告文殊師利，汝行詣維摩詰問疾。

但我們的作者對於這樣同樣的場地和情形，卻有了極不雷同的描寫的手法。第一例第二例，上文均已引起，現在再舉第三例：

經云：佛告文殊師利，汝行詣維摩詰問疾。

言佛告者，是佛相命之詞。緣佛於會上，告盡聖賢五百聲聞八千菩薩，從頭遣問，盡曰不任，皆被責呵，无人敢去。酌量才辯，須是文殊。其他小小之徒，實且故非難往，失來妙德，亦是不堪。今仗文殊，便專問去。於是有語告文殊曰：

三千界內總聞名，皆道文殊藝解精。體似蓮花敷一朵，心如明鏡照漂清。

常宣妙法邪山碎，解演眞乘障海傾。今日筵中須授敕，與吾爲使廣嚴城。

於是菴園會上，勅喚文殊：『勞君暫起於花臺，聽我今朝敕命。吾爲維摩大士，染疾毗耶，金粟上人，見眠方丈。會中有八千菩薩，筵中見五百个聞聲，從頭而告，盡遍差至佛而无人敢去。舍利子聰明弟一，陳情而若不堪任；迦葉是德行最尊，推辭而爲年老邁，十人告盡，咸稱怕見維摩。一會遍差，差着者怕於居士。吾又見告於彌勒，兼及持世上人，光嚴則辭退千般，善德乃求哀萬種。堪爲使命，須是文殊。敵論維摩，難偕妙德。汝今與吾爲使，親往毗耶，詰病本之因由，陳金僊之懇意。汝看吾之面，勿更推辭。領師主之言，便須受敕。況乃汝久成證覺，果滿三祇，爲七佛之祖師，作四生之慈父。來辭妙喜，助我化緣，下降娑婆，爾現於菩薩之相，你且身嚴瓔珞，光明而似月舒空，頂覆金冠，清淨而如蓮映水。一名超於法會，衆望難偕，詞辯迴播於筵中，五天讚說。慈悲之行，廣布該三途六道之中，救苦之心，遍施散三千界之刹內。當生之日，瑞相十般，表菩薩之最尊，彰大士之无比。而又眉彎春柳，舒揚而宛轉芬芳，面若秋蟾，皎潔而光明晃曜。有如斯之德行，好對維摩，且爾許多威名，堪過丈室。況以居士見染纏痾，久語而上算，不任對論，多應虧汝。勿生辭退，便仰前行。傾大衆而速別菴園，逞威儀而早過方丈。龍神盡教引路，一伴同行，人天總去相隨，兩邊圍繞。到彼見於居士，申達慈父之言，道吾憂念情深，故遣我來相問。』

　佛有偈告讚文殊：

牟尼會上稱宣陳，問疾毗耶要顯眞。受勅且希離法會，依言勿得有辭辛。
維摩丈室思吾切，臥病呻吟已半旬。望汝今朝知我意，權時作个慰安人。

　又有偈告文殊曰：

八千菩薩衆難偕，盡道文殊足辯才。身作大僊師主久，名標三世號如來。
神通解滅邪山碎，智慧能銷障海摧。爲使與吾過丈室，便須速去別花臺。　平側世尊曾上告文殊，爲使今朝過丈室。傳吾意旨維摩處，申問慇懃勿得遲。
前來會裏衆聲聞，个个推辭言不去。皆陳大士維摩詰，盡道毗耶我不任。
衆中彌勒又推辭，筵內光嚴申懇款。八千大士无人去，五百聲聞沒一个。
汝今便請速排諧，萬一與吾爲使去。威儀一隊相隨逐，銜勅毗耶問淨名。
菩薩身爲七佛師，久證功圓三世佛。親辭淨土來凡世，助我宣揚轉法輪。
巍巍身若一金山，蕩蕩衆中无比對。眉分皎潔三秋月，臉寫芬芳九夏蓮，
堪爲丈室慰安人，堪共維摩相對論。堪將大衆菴園去，堪作毗耶一使人。
便依吾勅赴前程，便請如今別法會。若逢大士維摩詰，問取根由病所因。
文殊德行十方聞，妙德神通百億悅。能摧外道皆歸正，能遣魔軍盡隱藏。
依吾告命速前行，依我指蹤過丈室。慇懃慰問維摩去，巧着言詞問淨名。
是時聖主振春雷，萬億龍神四面排，見道文殊親問病，人天會上喜咍咍。
此時便起當筵立，合掌顒然近寶臺。由讚淨名名稱煞，如何白佛也唱將來。

經

這十四個字的經文，我們的作者又將牠廓大到五百七十字的散文，七十二句的韻語。我們看作者是怎樣的在竭力的以不同的場面，不同的人物，不同的辭語來烘染同一的情景的；我們不能不驚駭於作者寫法的高明了。

對於彌勒和光嚴童子的不願意去的心理，他們的辭謝的最後答語，原都是相同的，而我們的作者也都把他們寫成很不雷同的局面。這樣高超的描寫手法，我們在中國文學上是很少見到的。在每則不同的情景的描寫，我們的作者也均盡其想像力之所及，各加以詳盡的敍描和烘染。難怪當時聽衆們聽講時是『極其溫熱。』

今日，千年後的今日，突然發現了這樣的一部偉大的名著，除開了別種理由之外，已足够使我們興奮，使我們讚頌喜歡之不已了。

像維摩詰經變文同樣的引經據典的變文，還有一部阿彌陀經變文（S. 2955），那一卷東西，殘闕已甚，我們自然不能就這戔戔的殘文來批評其全部。但在描寫方面，我們覺得也是很不壞的。這一部變文，如上文所已說的，恐怕是比較初期的著作。故散文部分，卽以『經文』充之，而作者只是以韻語來烘染、來闡揚其故事。

六

以佛教經典爲依據，而並不『引經據典，』句句牢守經典本文的變文，今日所見的甚多。這一階段，恐怕是從『引經』的一個階段發展而來的。他們只是拿了佛經裏的一個故事，一個傳說，而由作者們自己很自由的去抒寫、去闡揚、去烘染的。故在寫作上，比較的容易揮遣得多。可惜除了降魔變文之外，其餘的都是『零縑斷絹，』很少高明的東西。且別字和缺漏之處，連篇累牘，不易整理。恐怕是出於眞正的通俗的民間的僧侶作家們之手吧。

這一部分的變文，又可分爲兩類，一類是僅演述經文而不敍寫故事的，像地獄變文、父母恩重經變文等。在後來的寶卷裏，這一類性質的東西也很不少。這些只是『說經、』『唱經』的一流，完全是宗教性的東西，故不能有很高明的成就。

地獄變文今藏於北平圖書館（依字五十三號），向達先生的敦煌叢鈔（北平圖書館館刊曾刊其全文；只是一個殘卷，並沒有什麼重要的價値。

既將鐵棒，直至墓所，覓得死屍，且亂打一千鐵棒。呵責道：恨你在生之日，慳貪疾妬，日夜只是算人，無一念饒益之心，只是萬般損害，頭頭增罪，種種造殃，死値三塗。號菩薩佛子。

在生恨你極無量貪愛之心日夜忙。老去和頭全換卻，少年眼也擬椀將。
百般放聖謾依着千種爲難爲口糧。在生憂他惣恰好，業棑眷屬不分張。
緣男爲女添新業憂家憂計走忙忙。盡頭呵責死屍了，鐵棒高台打一場。

父母恩重經變文今亦藏於北平圖書館。（何字第十二號）內容也是訓人勸善的；殘闕極多，毫不足觀。這一類的變文，向來編目皆和經典混在一處，不易分別，如果我們仔細的在巴黎、倫敦二地去搜尋，一定還可以得到不少的。

第二類是敍寫佛經的故事的。其中又可分爲二類：

一爲敍寫佛及菩薩之生平及行事的；

一爲敍寫佛經裏的故事的。

第一類所寫者。以關於釋迦牟尼的生平及行事的爲最多；不僅寫到他的『成道』的故事，（佛本行集經）也寫到他的過去『無量生』（佛本生經）的故事。

關於釋迦佛的『成道』的故事的變文有：

(一)八道成道變殘卷(北平圖書館藏、雲字二十四號。)

(二)八相成道變殘卷(北平圖書館藏、乃字九十一號。)

(三)八相成道變殘卷(北平圖書館藏、麗字四號。)

在這三卷裏，第一卷和第二卷文字悉同，惟第一卷較完善，第二卷缺闕極多。第三卷也相差不遠。這卷變文作者也不可考知。從釋迦過去諸生說起：

爾時釋迦如來，於過去無量世時，百千萬刦，多生波羅奈國。廣發四弘誓願，直求无上菩提。不惜身命，常以已身及一切萬物，給施衆生。慈力王時，見五夜叉為啖人血肉，飢火所逼，其王哀愍，與身布施，餧五夜叉。歌利王時，割截身體，節節支解。尸毗王時，割股救其鴿鴿。月光王時，一夕樹下，施頭千遍，求其智慧。寶燈王時，剜身千龕，供養十方諸佛，身上燃燈千盞。薩埵王子時，捨身數度，濟其餓虎。悉達太子時，廣開大藏，布施一切飢餓貧乏之人，令得飽滿。兼所有國城妻子象馬七珍等，施與一切衆生。或時為王，或時太子，於波羅奈國五天之境，捨身捨命，不作為難。非只一生，如是百千萬億刦，精練身心，發其大願，種種苦行，死不修斷，令其心願滿足。故於三无數刦中，積修善行，以為功究果滿，方成佛位。佛者何語，佛者覺也。覺悟身中眞如之性，覺心內煩惱之怨，出生死之劣勞，踐菩提之闉城。六通具足，五眼无明，為三界大師，作四生慈父。從清淨土，著敝垢衣，出現娑婆，化諸弟子。

三大僧祇願力堅，六波羅蜜行周旋。百千功德身將滿，八十隨形相欲全。

未向此間來救度，且於何處大某緣？當時不在諸餘國，示現權居兜率天。

未審兜率陁者，是梵語，秦言「知足」天。兜名少欲，率是知足，此是欲界第四天也。況說欲界，有其六天：第一四天王天；第二忉利天；第三須夜摩天；第四兜率陁天；第五樂變化天；第六他化自在天。如是六天之內，近上則玄極太寂；近下則鬧動煩喧；中者兜率陁天，不寂不鬧。所以前佛後佛，總補在依此宮。今我如來世尊，亦當是處。

然後講到他，『觀見閻浮衆生，業障深重，苦海難離，欲擬下界勞籠，拔超生死。』於是先遣金團天子下凡去尋覓一個地方堪供『世尊托質』的。金團天子尋到了迦毗羅城的王家。於是世尊便『託蔭』於摩耶腹內。他於摩耶右脅誕出。

太子旣生之下，感得九龍吐水，沐浴一身。舉左手而指天，垂右而於地，東西徐步，起足蓮花，凡人觀此皆殊祥，遇者顧瞻之異端。當爾之時，道何言語：

九龍吐水浴身胎，八部神光曜殿臺。希期瑞相頭中現，菡萏蓮花足下開。

又道：

指天天上我爲尊，指地地中最勝仁。我生胎分今朝盡，是降菩薩最後身。

但大臣們卻以爲他是妖精鬼魅，要國王殺了太子，否則，『必定破家滅國。』文殊菩薩恐世尊被殘害，遂化作一臣，諫國王道：『此是異聖奇仁，不同凡類。』並叫他去請教阿斯陁仙。阿斯陁仙見了太子，流淚滿目，呼嗟傷歎，說道：

「太子是出世之尊，不是凡人之數，大王今若不信，城南有一泥神，置世以來，人皆視驗。王疑太子魑魅，但出親驗神前。的是鬼類妖精，其神化爲凝血，若不是精奸之類，只合不動不變」。於爾之時，有何言語：城南有一摩醯神，見說尋常多操嗔。世上或行詐僞事，就前定驗現其眞。大王但將此太子，纔見必令始知聞。若是禎祥於本主，的定妖邪化爲塵。

不料泥神卻離廟而出，一步一倒，直至太王馬前，禮拜乞罪。於是國王纔知太子是異人，不復加害。但太子年登十九，戀着五欲。天帝釋欲感悟他，乃各化一身，於此四門，乘太子巡歷四門之時，欲令太子，『悟其生死。』太子周歷了四門之後，便感到『生老病死』的苦痛，而決意欲棄去一切而到雪山修道。

這裏寫太子歷見生老病死之苦的情形，當然要比太子讚一類的敍事歌曲寫得詳細，寫得高明。

太子在雪山修道時，『日食一麻或一麥，鵲散巢窠頂上安。』

太子一從守道，行滿六年。當臘月八日之時下山，於熙連河沐浴。爲久專懸行，身力全無，唯殘骨筋，體尤困頓。河中洗濯，浣膩潔清，既欲出來不能攀岸。感文殊而垂手，接臂虛空，承我佛於河灘，達於彼岸。遂逢吉祥長者，鋪香草以慇懃，紫磨嚴身，金黃備體。云云：

六年苦行志慇懃，四智俱圓感覺身。下向熙連河沐浴，上登草座勸黎民。
紫金滿覆於其體，白毫光相素如銀。文殊長者設願厚，供養如來大世尊。

我如來既登草座，觀心未圓，忽逢姊妹二人，一時迎前拜禮，口稱名號。是阿難陁田中牧牛，常遊野陌，每將乳粥，供養樹神。偶見世尊，迴特獻俸。又感四天王掌鉢，來奉於前，併四鉢納一盂中，可集三斗六升。三斗者降其毒，六升者則六波羅蜜因是也。既備功圓，便能至聖。遂往金剛座上，獨稱三界之尊，鷲嶺峯前，化誘十方情識。降天魔而戰攝，伏外道以魂驚。顯正摧邪，歸從釋教。云云：

自登草座覩難陁，迴將乳粥獻釋迦。四王掌鉢除三毒，功圓淨行六波羅。
金剛座中嚴靈相，鷲嶺峯前定天魔。八十隨形皆願備，三十二相現娑婆。

況說如來八相，三秋未盡根原，略以標名，開題示目。今具日光西下，座久迎時。盈場並是英奇仁，闔郡皆懷云雅操。衆中俊哲，藝曉千端，忽滯淹藏，後無一出。伏望府主允從，則是光揚佛日。恩矣恩矣。

作者以『頌聖』之語爲結束，可見這一部『變文』原是極崇敬的宗教經卷，講唱的時候是以極虔敬的態度出之的。

（四）佛本行集經變文（北平圖書館藏，潛字八十號。）

這一卷殘闕過甚所敍的事，和八相成道變大致相同，但也略有殊異之處，像泥神禮拜之事，在這裏便沒有敍到。

關於釋迦佛的過去『生』的故事，卽所謂『佛本生經』的故事的變文，今所知的並不多。但想來一定是不會很少的。有許多的佛教故事，大半是和釋迦過去『生』的生活有關係的。今日最完全的『佛本生』的故事（Jataka），凡有五百數十則之多。今姑舉所知的：

身餧餓虎經變文（殘卷）

爲例：這一卷是我在北平所獲得的。就寫本的紙色和字體看來，乃是中唐的一個寫本。這是敍述釋迦的本生故事之一。釋迦在過去的一『生』裏，爲一個王子。有一天和好幾個兄弟一同經過一山。路上遇見一隻餓虎，病不能覓食。諸兄弟皆不顧而去。釋迦卻捨身走近虎邊，要給他吃去。但這餓虎連開口的精力都沒有。釋迦於是以竹枝自刺其身，將血滴入虎口。那隻虎方纔漸漸的有生氣起來，把這捨身的聖人吃了去。雖然是殘卷，但大部分是保存着的。

關於第二類的釋迦以外的『佛』『菩薩』的故事，今所見者有：

（一）降魔變文（胡適之先生藏。）

這和維摩詰經變文是唐代變文裏的雙璧。惟篇幅較短。但乳虎雖小，氣足吞牛。羅氏敦煌零拾裏的佛曲三種，其第一種便是降魔變文的殘文，所存者十不及一。但已使我們震撼於其文辭的晶光耀目，想像力的豐富奔放。一旦獲得了其全文，自然是欣慰不置的。

這部『變文』的作者，今也不可考知。惟知其爲唐玄宗天寶（公元七四二——七五五年）時代的人物。其著作的時期，當約略的和身餧餓虎經變文同時。

這部『變文』的開頭，有一篇序。這是極重要的一個文獻。

讚善哉（…………闕…………）晶暉四果，咸遣我人三寶……人、正牙……ヲリ……骨六六空類有情，咸歸滅度。初キイ之布施，下是爲多；盡十方之虛空，叵知其量。諸相非想，見如來之法身，生等先生，得眞妄之平等。然則，窮大千之七寶，化四句而全輕。後五濁之衆生，一聞而超勝境。然後法尙應捨，戀筏却被沉淪。渾彼我於空空，泯是非於妙有。不染六塵之境，契會菩提，卽於六識推求，萬像皆會於般若。三世諸仙，從此經生；最妙菩提，從此經出。加以括囊羣教，諸爲衆經之要目。傳譯中夏，年餘數百。雖則諷誦流布，章疏芬然，猶恐義未合於聖心，理或乖於中道。伏惟我大唐漢朝聖主，開元天寶聖文神武應道皇帝陛下，化越千古，聲超百王，文該五典之精微，武析九夷之肝膽。八表惣無爲之化，四方歌堯舜之風。加以化洽之餘，每弘揚於三教。或以探尋儒道，盡性窮原，注解釋宗，句深相遠。聖恩與海泉俱深，天開譽日齊明，道教由是重興，佛日因茲重曜。寶林之上，喜見葉而爭開，惣持園中，泒法雲而廣潤。然今題首金剛般若波羅蜜經者，金剛以堅銳爲喻，般若以智慧爲稱，波羅彼岸到，弘名蜜多，經則貫穿爲義，善政之儀，故號金剛般若波羅蜜經。大覺世尊，於舍衛國，祇樹洽孤之園，宣說此經，開我蜜藏，四衆圍繞，羣仙護持，天雨四花，雲廊八境。蓋如來之妙力，難可名言者哉！須達爲人慈善，好給濟於孤貧，是以因行立名，給孤布金買地，脩建伽藍，請佛延僧，是以列名經內。祇陁覩其重法，施樹同營，緣以君重臣輕，標名有其先後。委被事狀，述在下文。

在這篇序文裏，說得很明白，這篇『變文』是敍述須達布金買地，修建伽藍所引起的許多故事的。本於金剛經；卻全然成了迷人的東西不朽的傑作，我們簡直忘記了其爲『勸善書』了。『下文』所敍的『事狀』是這樣的：

『昔南天竺有一大國，號舍衛城。其王威振九重，風揚八表。』他有一個賢相，名須達多，『邪見居懷，未崇三寶。』他有小子未婚妻室，遣使到外國求之。使者到了一個地方，遇佛僧阿難乞食。一小女奔走出於門外，五輪投地，瞻禮阿難。這小女儀貌絕倫，『西施不足比神姿，洛浦詎齊其豔彩。』他訪問了隣人，纔知道是當地首相護彌之女。後須達多自去求親，又遇見了佛僧。他感知佛的威力，倍增敬仰之心，思念如來，吟嗟歎息。

『須達歎之既了，如來天耳遙聞，他心卽知，萬里殊無障隔，又放神光照耀，城門忽然自開。須達旣見門開，尋光直至佛所，旋繞數十餘匝，竭專精之心，注目瞻仰尊顏，悲喜交集，處若爲陳。須達佛心開悟，眼中淚落數千行。弟子生居邪見地，終朝積罪仕魔王。○伏願天師受我請，○降神舍作橋樑。佛知善根成熟，堪化異調。遂卽應命依從，受他啓請。喚言長者：吾爲上界之主；最勝最尊。進心安詳，天龍侍衛，梵王在左，帝釋引前，天仙□□虛空，四衆雲奔衢路。事須廣殿造塔，多達堂房。吾今門第衆多，仕心無令退小。汝亦久師外道，不識軌儀，將我舍利弗相隨，一一問他法或』。

於是須達便和舍利弗同歸。他們到了舍衛城，四處找不到一個適當的地方來建造伽藍。有一天，他們到了城南，去城不近不遠，忽見一園，景象異常，堪作伽藍。但這園乃是東宮太子所有。須達便到了東宮，要求太子賣這園給他。他對太子說了一個謊，道：昨天經過太子園所，見妖災並起，怪鳥羣鳴，池亭枯涸，花果凋疎。太子問他如何厭禳。須達說：『物若作怪，必須轉賣與人。』於是太子書榜四門，道園出賣，買者必須平地遍布黃金，樹枝銀錢皆滿。但揭榜來買這園的人卻便是須達。於是太子大怒，要須達和他同見國王。須達爲法違情，不懼亡軀喪命。但首陁天王空裏聞語，化身作一老人來諫阻太子，說要須達將黃金布滿平地，銀錢遍滿樹枝，方可賣給他，諒他也沒有這能力，省得太子失信。太子許之。於是須達便開庫藏搬出紫磨黃金，選牡象百頭，馱舁至園鋪地。太子爲他所感，問他買地何用。須達乃宣揚佛道，說明要建立伽藍之意。太子亦便生信仰心，樹上銀錢，由他施捨出來。

須達和太子由園歸來，途遇『六師外道。』他見他們騎從不過十騎，頗以爲怪。乃問其由。太子說：須達買園，要請如來來說法。六師聞言笑不已。出言謗佛。

六師聞請佛來住，心生忽怒。類悵嘶高，雙眉外竪，叨齒衝牙，非常慘醋，乍可決命一迴，不能虛生兩度。門徒盡被該將，遣我不存生路。到處卽被欺淩，終日被他作祖。帝王尙自降地，況復凡流下庶。吾今怨屈何申，須向王邊披訴！麁行大步奔走龍庭，擊其怨鼓。王遣所司問其根緖。六師哽噎聲嘶；良久沉吟不語。啓言大王：臣聞開闢天地，卽有君臣，日月貞明，賴聖主之感化。卽今八方歎懇，四海來賓。唯有逆子賊臣，欲謀王之國政，懷邪杞讓，不謹風謠，叨居相國之榮，虛食萬鍾之祿。臣聞佞臣破六國，佞婦鬪六親。須達祇陁于今卽是。豈有禾聞天挺，外國鈎引胡神，幻惑平人，自稱是佛，不孝父母恒乖色養之恩，不敬君王，違背人臣之禮，不懃產業，逢人卽與剃頭，妄說地獄天堂，根尋無人的見，若來至此，祇恐損國喪家。臣今露膽披肝，伏望聖恩照察。

國王遂命人去擒了太子和須達來。王問其故。須達乃對王力讚佛道，宣傳教義。王問：『卿之所師，敵得和尙（卽六師）已否？』須達道：『千鈞之弩，不爲鼷鼠發機，百尺炎爐，不爲毫毛爇炳。不假我大聖天師，最小弟子，亦能抵敵。』乃決定以舍利弗和六師鬪法。須達道：『六師若勝，臣當萬斬，家口沒官。」

描寫舍利弗和六師鬭法的一大段文字，乃是全篇最活躍的地方。寫鬭法的小說，像西遊記之寫孫悟空、二郎神的鬭法，以及封神傳和三寶太監西洋記的許多次的鬭法，似都沒有這一段文字寫得有趣，寫得活潑而高超。

波斯匿王見舍利弗，即勅羣寮，各須在意。佛家東邊，六師西畔，朕在北面，官應南邊。勝負二途，各須明記。和尙得勝，擊金鼓而下金籌。公家若強，扣金鍾而點尙字。各處本位，卽任施張。舍利弗徐步安詳，昇師子之座。勞度义身居寶帳，擇擁四邊。舍利弗卽昇寶座，如師子之王，出雅妙之聲，告四衆言曰：然我佛法之內，不立人我之心。顯政摧邪，假爲施設。勞度义有何變現，旣任施張。六師聞語，忽然化出寶山，高數由旬，欽岑碧玉，崔嵬白銀，頂侵天漢，藂竹芳薪。東西日月，南北參辰。亦有松樹參天，騰蘿萬段，頂上隱士安居，更有諸仙遊觀，駕鶴乘龍，佛歌聊亂。四衆誰不驚嗟，見者咸皆稱嘆。舍利弗雖見此山，心裏都無畏難。須臾之頃，忽然化出金剛。其金剛乃作何形狀？其金剛乃頭圓像天，天圓祇堪爲蓋；足方六里，大地纔足爲鈷。眉鬱翠如青山之兩崇，口吒嘏猶江海之廣闊。手執寶杵，杵上火焰衝天。一擬邪山，登時粉粹。山花萎悴飄零，竹木莫如所在。百僚齊歎希奇，四衆一時唱快！故云：金剛智杵破邪山處。若爲：

六師忿怒情難止，化出寶山難可比。嶄巖可有數由旬，紫葛金藤而覆地。
山花鬱翠錦文成，金石崔嵬碧雲起。上有王喬、丁令威，香水浮流寶山裏。

飛佛往往散名華，大王遙見生歡喜。舍利弗見山來入會，安詳不動居三昧。

應時化出大金剛，眉高額闊身軀礓。手持金杵火衝天，一擬邪山便粉碎。

於時帝王驚愕，四衆忻忻。此度不如他，未知更何神變。其時須達長者，遂擊鴻鐘，手執金牌，奏王索其尚字。六師見寶山摧倒，憤氣衝天。更發瞋心，重奏王曰：然我神通變現，無有盡期。一般雖則不如，再現保知取勝。勞度叉忽於衆裏化出一頭水牛，其牛乃瑩角驚天，小蹄似龍泉之劍，垂斛曳地，雙眸猶日月之明。喊吼一聲，雷驚電吼。四衆嗟歎，咸言外道得強。舍利弗雖見此牛，神情宛然不動。忽然化出師子，勇銳難當。其師子乃口似谿豁，身類雪山，眼似流星，牙如霜劍，奮迅哮吼，直入場中。水牛見之亡魂跪地。師子乃先懾項骨，後拗脊跟，未容咀嚼，形骸粉碎。帝主驚歎，官庶忻然。六師乃悚懼恐惶，太子乃不勝慶快處。若爲：

六師忿怒在王前，化出水牛甚可憐。直入場中驚四衆，磨角掘地喊連天。
外道齊聲皆唱好，我法乃遠國人傳。舍利座上不驚忙，都緣智惠甚難量。
慜裏衣服女心意，化出威稜師子王。哮吼兩眼如星電，纖牙迅抓利如霜。
意氣英雄而振尾，向前直擬水牛傷。兩度佛家皆得勝，外道意極計無方。

下寫六師化出七寶池，卻爲舍利弗所化出的大象將池水吸乾的一段，已引見上文。此下卻寫六師化出毒龍事。

六師頻頻輸失，心裏加懊惱。今朝怍不如他，昨夜夢相顛倒。面色粗赤粗黃，脣口異常乾燥。腹熱狀似湯煎，腸痛猶如刀攪。鬭壘雖是惡狠，不禁羣猾衆咬。舍利弗小智拙謀，曾斑前頭出巧，者迴忽若得強；打破承前併滔。不忿欺屈，忽然化出毒龍。口吐烟雲，昏天翳日，揭眉眴目，震地雷鳴，閃電乍闇乍明，祥雲或舒或卷。驚惶四衆，恐動平人。舉國見之，怪其靈異。舍利弗安詳寶座，珠無怖懼之心。化出金翅鳥王，奇毛異骨，皷騰雙翅，掩敝日月之明，抓距纖長，不異豐城之劔。從空直下，若天上之流星。遙見毒龍，數迴博接。雖然不飽我一頓，且□噎飢。其鳥乃先啅眼睛，後嚵四豎，兩迴動嘴，兼骨不殘。六師戰懼驚嗟；心神恍忽。

舍利既見毒龍到，便現奇毛金翅鳥，頭尾懼剉不將難，下口其時先啅腦。
觔骨粉碎作微塵，六師莫知何所道。三寶威神難惻量，魔王戰悚生煩腦。

王曰：和尙猥地誇談，千般伎術，人前對驗，一事無能。更有何神，速須變現。六師強打精神，奏其王曰：我法之內，靈變卒無盡期。忽於衆中化出二鬼，形容醜惡，軀貌揚蒼，面北墳而更青，目類朱而復赤，口中出火，鼻裏生烟，行如奔電，驟似飛旋，揚眉瞬目，恐動四邊。見者寒毛卓豎。舍利弗獨自安然。舍利弗趯躕思忖，毗沙門踊現王前。威神赫奕，甲杖光鮮，地神捧足，寶劔腰懸，二鬼一見，乞命連綿處若爲：

六師自道無般比，化出兩箇黃頭鬼。頭腦異種醜屍骸，驚恐四邊今怖畏。
舍利弗舉念暫思惟，毗沙天王而自至。天主迴顧震睛看，二鬼迷悶而擗地。
外道是日破魔軍，六師瞻懾盡亡魂。賴活慈悲舍利弗，通容忍耐盡威神。
驢騾負重登長路，方知可活比龍鱗。祇爲心迷邪小逕，化遣歸依大法門。

六師雖五度輸失，尙不歸降。更試一迴看，看後功將補前過。忽然差馳更失，甘心啓首歸他。思惟既了，忽於衆中，化出大樹」婆娑枝葉，敝日干雲，聳幹芳條，高盈萬仞。祥禽瑞鳥，遍枝葉而和鳴，翠葉芳花，周數里而升闇。于時見者，莫不驚差。舍利弗忽於衆裏化出風神，叉手向前，啓言和尚。三千大千世界，須臾吹却不難。況此小樹纖毫，敢能當我風道。出言已訖，解袋即吹。于時地卷如綿，石如塵碎，枝條迸散他方，莖幹莫知何在。外道無地容身，四衆一時喝快處若爲：

六師頻輸五度，更向王前化出樹。高下可有數由旬，枝條蓊蔚而滋茂。
舍利弗道力不思議，神通變現甚希奇。羣佛故來降外道，次第惣遣火風吹。
神王叫聲如電吼，長虵擿樹不殘枝。瞬息中間消散盡，外道飄颻無所依。
六師被吹腳距地，香爐寶子逐風飛。寶座頃危而欲倒，外道怕急扶之。
兩兩平章六師弱，芥子可得類須彌！

時王啓言和尚，朕比日已來，虛加敬金，廣施玉帛，枉費國儲，故知眞金濫鍮，目驗分折，龍虵渾雜，方辨其能。和尚力盡勢窮，事事皆弱，惣須佐心屈節，摧伏歸他。更莫虛長我人，論天說地。六師聞語，唯諾依從，面帶羞慚，容身無地。舍利弗見邪徒折伏，悅暢心神，非是我身健力能，皆是如來加被！遂騰身直上，勇在虛空，高七多羅樹，頭上出火，足下出水，或現大身，惻塞虛空，或現小身，猶如芥子。神通變化，現十八般，合國人民，咸皆瞻仰處若爲：

舍利弗倏忽現神通，通身直上在虛空。或現大身遍法界，小身藏形芥子中。
勞度叉慞然合掌五，我法活豈與他同。共汝捨邪歸政路，相將慚謝盡卑恭。
鬬聖已來極下劣，迴心豈敢不依從。各擬悔謝歸三寶，更亦無心事火龍。
累歷歲月枉氣力，終日從空復至空。各自抽身奉仕佛，免被當來鐵碓舂。

降魔變文到了這裏便告結束了。是『勸善』的教訓歌，卻寫的是如此的不平常，令人讀之，不忍釋

手，惟恐其盡作者描寫的伎倆確，是極爲高超的

惟鈔手未必是在作者的同時，故鈔的時候譌誤處甚多。大約是一位西陲的粗識文字者吧——「變文」及燉煌文卷的許多鈔手大都是這一流人物——他自己很謙虛的在卷末寫着道：

或見不是處，有人讀者，即與政着。

但在今日，有的地方改正起來便覺得很困難了。

巴黎、國家圖書館藏有降魔變押座文（P. 2187）一卷，又破魔變押座文（同上號）一卷，不知與這部降魔變文有什麼不同處。或是另一個鈔本吧？而「破魔變」不知和「降魔變」又有什麼不同。惜今日未讀到原文，尚不能爲定論。

大目乾連冥間救母變文（巴黎、國家圖書館藏，P. 1319）一作大目犍連變文（倫敦、不列顛博物院藏，）敍述佛弟子目連救母出地獄事。這故事曾成了無數的圖畫及戲曲的題材。唐人畫「目連變」者不止一家。明、鄭之珍有目連救母行孝戲文三卷（一百齣，）爲元、明最弘偉的傳奇之一。清人又廓大之，成爲十本的勸善金科。其他，尚有「寶卷」唱本等等。至今，目連救母乃爲民間

婦孺周知的故事。各省鄉間尙有在中元節連演『目連戲』至十餘日的，成爲實際上的宗教戲。最有名的『尼姑思凡』與『和尙下山』的『插曲』，卽出於行孝戲文。（綴白裘題作孽海記，實無此名目。）唐人的大目犍連變文在其間，雖顯得幼稚、粗野，而其氣魄的偉弘，卻無多大的遜色。在戲曲寶卷裏，這一部『變文』乃是今所知的最早的著作。目連的故事，見於佛經者，有經律異相，撰集百緣經及雜譬喻經中者不止一端。關於目連的經典有：

佛說目連所問佛一卷、宋法天譯（大藏經本。）

佛說目連五百問經略解二卷、明性祇述（續藏經本。）

佛說目連五百問戒律中輕重事經釋二卷、明永海述（續藏經本。）

其他，大莊嚴論經裏，有目連教二弟子緣（卷七），阿毗達磨識身足論亦有目乾連蘊（卷一。）他在佛經裏是一位常見的人物。目連救母故事的緣起，在於經律異相。

今所見的目連變文不止一本，除倫敦、巴黎所藏的二本外，巴黎、國家圖書館又有大目連緣起一卷（P. 2193）惜未得見。北平圖書館所藏，又有三卷：

（一）大目犍連變文（霜字八十九號。）

（二）大目犍連變文（麗字八十五號。）

（三）大目連變文（成字九十六號。）

第三種似是另一作者所寫，其故事與描寫較上列各本俱不甚同。第一及第二種則全同倫敦及巴黎本。在其間，倫敦本最為首尾完全。余遊倫敦時，曾手錄一卷歸。但北平本則分為二卷，不知何故。倫敦本首有序，說明七月十五日『天堂啓戶，地獄門開，』盂蘭會的緣起。末有：

　　貞明七年辛巳歲（按即公元九二一年）四月十六日淨土寺學郎薛安俊寫。

又有

　　張保達文書

數字。當是薛安俊為張保達寫的一卷。作者不詳。或者便是張祜所謂：『上窮碧落下黃泉』的目連變吧。那末，其著作的年代至遲當在公元八百二十年左右了。離此寫本的鈔錄時代，已有一百年了。

這變文敍寫的是，佛弟子目連，出家為僧，以善果得證明羅漢果。藉了佛力，他到了天堂，見到父親。但當他尋覓他的母親時，卻不在天堂裏。她到底在什麼所在呢？他便很悽惶的去問佛。佛說，『她在地獄裏呢。』目連便藉了佛力，遍歷地獄，訪求其母。

目連到了幾個地方，都回說沒有他的母親青提夫人在。

目連言訖，更向前行。須臾之間，至一地獄。目連啓言獄主：『此个地獄中，有青提夫人已否？是頻道阿孃，故來認覓。』獄主報言：『和尚，此獄中總是男子，並無女人。向前問有刀山地獄之中，問必應得見。』目連前行，至地獄，左名刀山，右名劍樹。地獄之中，鋒劍相向，涓涓血流。見獄主驅無量罪人，入此地獄。目連問曰：『此個名何地獄？』羅察答言：『此是刀山劍樹地獄。』目連問曰：『獄中罪人，作何罪業，當墮此地獄。』獄主報言：『獄中罪人生存在日，侵損常住游泥伽藍，好用常住水菓，盜常住柴薪，今日交伊手攀劍樹，支支節節，皆零落處』：

刀山白骨亂縱橫，劍樹人頭千萬顆。欲得不攀刀山者，無過寺家塡好土。

機接菓木入伽藍，布施種子倍常住。阿你个罪人不可說，累劫受罪度恆沙。

從佛涅盤仍未出。此獄東西數百里，罪人亂走肩相樧；業風吹火向前燒，

獄卒把杈從後押。身手應是如瓦碎，手足當時如粉沫。沸鐵騰光向口澆，

著者左穿如右穴。銅箭傍飛射眼睛，劍輪直下空中割。爲言千載不爲人，

鐵把樓聚還交活。

目連聞語啼哭吝嗟，向前問言：『獄主，此個地獄中，有一青提夫人已否？』獄主啓言：『和尚是何親眷？』目連啓言：『是頻

道慈母』獄主報言：『和尙，此個獄中無靑提夫人。向前地獄之中，總是女人，應得相見。』目連聞以，更往前行。至一地獄，高下有一由旬，黑烟蓬勃，臭氣勳天。見一馬頭羅刹，手把鐵杈，意而立。目連問曰：『此個名何地獄？』羅刹答言：『此是銅柱鐵床地獄。』目連問曰：『獄中罪人，生存在日，有何罪業，當墮此獄。』獄主答言：『在生之日，女將男子，男將女人，行淫欲於父母之床，弟子於師長之床，奴婢於曹主之床，當墮此獄之中。東西不可乍，男子女人相和一半。』

女臥鐵床釘釘身，男抱銅柱兇懷爛。鐵鑽長交利鋒劍，饞牙快似如錐鑽。
腸空卽以鐵丸充，唱渴還將鐵汁灌。蒺藜入腹如刀臂，空中劍戟跳星亂。
刀劍骨肉仟仟破，劍割肝腸寸寸斷。不可言地獄天堂相對疋，天堂曉夜樂轟轟。
地獄無人相求出。父母見存爲造福，七分之中而獲一；縱令東海變桑田，
受罪之人仍未出。

目連言訖，更往前行。須臾之間，至一地獄。啓言獄主：『此個獄中，有一靑提夫人已否？』獄主報言：『靑提夫人是和尙阿孃？』目連啓言：『是慈母。』獄主報和尙曰：『三年已前，有一靑提夫人亦到此間獄中，被阿鼻地獄牒上索將。今見在阿鼻地獄中。』目連悶絕，僻良久氣通，漸漸前行，卽逢守道羅刹問處：

但守道羅刹告訴他說，阿鼻地獄是極可怕的所在。『灌鐵爲城銅作壁，葉風雷振一時吹，到者身骸似狠寂』，和尙是絕對的走不進的。還不如早些回來，去見如來，不必在這裏搥胸懊惱了。目連只好回到婆羅林，遶佛三匝，卻坐，向如來訴苦。如來道：『且莫悲哀泣。火急將吾錫杖與，能除八難及

三災促知懃念吾名字，地獄應爲如□開。」

目連丞佛威力騰身向下，急如風箭，須臾之間，即至阿鼻地獄，空中見五十個牛頭馬腦，羅刹夜义，牙如劍樹，口似血盆，聲如雷鳴，眼如掣電，向天曹當直。逢著目連，遙報言「和尚莫來！此間不是好道！此是地獄之路。西邊黑烟之中，總是獄中毒氣，吸著和尚，化爲灰塵處」

和尚不聞道阿鼻地獄，鐵石過之皆得殃。
地獄爲言何處在？西邊怒那黑烟中。目連念佛若恆沙，地獄原來是我家。
拭淚空中搖錫杖，鬼神當即倒如麻。白汗交流如雨濕，昏迷不覺自噓嗟。
手中放卻三楞棒，臂上遙拋六舌义。如來遺我看慈母，阿鼻地獄救波吒。
目連不住騰身過，獄主相看不敢遮。

目連行前至一地獄，相去一百餘步，被火氣吃著，而欲仰倒。其阿鼻地獄，且鐵城高峻，莽蕩連雲，劍戟森林，刀槍重疊，劍樹千尋，以勞欃針刺相楷，刀山萬仞橫連，巉亂嵒倒，猛犬掣㴃，似震吼跳踉，滿天劍輪，簇簇似星明。灰塵模地，鐵蛇吐火，四面張鱗；銅狗吸煙，三邊振吠。蒺藜空中亂下，穿其男子之腰；錐鑽天上旁飛，剜刺女人背。鐵杷踔眼，赤血西流，銅义剉腰，白膏東引。於是刀山入爐灰，髑髏碎，骨肉爛，觔皮折，丰膽斷，碎肉迸濺於四門之外，凝血滂沛於獄墻之畔，聲號叫天，岌岌汗汗。雷地，隱隱岸岸。向上雲烟，散散漫漫，向下鐵鏘，繚繚亂亂；箭毛鬼嘍，嘍嘍竄竄；銅嘴鳥，咤咤叫叫；喚獄卒數萬餘人，總是牛頭馬面；饒君鐵石爲心，急得亡魂膽戰處：

目連執錫向前聽，爲念阿鼻意轉盈。一切獄中皆有息，此個阿鼻不見停，
恆沙之衆同時入，共變其身作一刑。忽若無人獨自入，其身急滿鐵圍城。
案案難難振鐵，吸岌雲空□□□。轟轟鏘鏘栝地雄，長蛇皎皎三曾黑。
大鳥崖柴兩翅青，萬道紅、爐扇廣炭。千重赤炎迸流星，東西鐵鑽讒凶勅。
左右骨鉸石眼精，金鏘亂下如風雨。鐵針空中似灌傾，哀哉苦哉難可忍！
更交腹背下長釘，目連見以唱其哉。專心念佛幾千迴，風吹毒氣遙呼吸。
看著身爲一聚灰，一振黑城關鏁落。再振明門兩扇開，目連那邊伋未喚。
獄卒擎叉便出來，和尙欲覓阿誰消息？其城廣闊萬由旬，卒倉沒人關閉得

目連依仗佛力，開了阿鼻地獄的門。獄主問他來此何事，目連說，來找阿孃靑提夫人。獄主聞言，卻入獄中高樓之上『超白幡，打鐵鼓。』他問第一隔中有靑提夫人否？第一隔中無。直問到第六隔中，均無靑提夫人在內。但第七隔中，實有靑提夫人。問到時，她卻不敢答應。這裏寫靑提夫人的心理，卻寫得很好：

獄卒行至第七隔中，迢碧幡，打鐵皷。第七隔中有靑提夫人已否？其時靑提第七隔中，身上下二十九道長釘，鼎在鐵床之上，不敢應。獄主更問：『第七隔中有靑提夫人已否？』『若看覓靑提夫人者，罪身卽是。』『早個緣甚不應？』『恐畏獄主更

將別處受苦所以不敢應。』獄主報言門外有一三寶剃除髭髮，身披法服，稱言是兒。故來訪看，青提夫人聞語，良久思惟，報言獄主：「我無兒子出家，不是莫錯？」獄主聞語，却迴行至高樓報言和尚緣有何事，詐認獄中罪人是阿孃？緣沒事謾語。」目連聞語悲泣，兩淚啓言：『獄主，貧道解應傳語錯。頻道小時自羅卜父母亡沒已後，投佛出家，剃除髭髮，號曰大目乾連。獄主莫嗔，更問一迴去。』獄主聞語，却迴至第七隔中，報言：『罪人門外三寶，小時自羅卜。父母終沒已後，投佛出家。剃除髭髮，號曰大目乾連。』青提夫人聞語，門外三寶，若小時字羅卜，是也罪身一寸腸嬌子。』獄主聞語，扶起青提夫人，毋瘦却二十九道長釘鐵鏁，腰生杖圍遶，駈出門外，母子相見處：

作者寫目連母子相見的情形是那樣的悽慘！

生杖魚鱗似雪集，千年之罪未可知。七孔之中流血汁，猛火從娘口中出。
蒺藜步從空入，由如五百乘破車聲。腰脊豈能於管捨，獄卒擎叉左右遮。
牛頭把鏁東西立，一步一倒向前來。目連抱母號咷泣，哭曰由如不孝順，
殃及慈母落三塗。積善之家有餘慶，皇天只沒煞無辜！阿孃昔日勝潘安，
如今憔悴頻摧滅。曾聞地獄多辛苦，今日方知行路難。一從遭禍取孃死，
每日墳陵常祭祀。娘娘得食吃已否，一過容顏惣顦顇。阿孃既得目連言，
嗚呼怕𡠻淚交連！昨與吾兒生死隔，誰知今日重團圓。阿孃生時不修福，
十惡之愆皆具足。當時不用我兒言，受此阿鼻大地獄。阿孃昔日極芬榮，

出入羅幃錦帳行。那勘受此泥梨苦，變作千年餓鬼行。口裏千迴拔出舌，
兇前百過鐵犂耕。骨節觔皮隨處斷，不勞刀釼自彫零。一向須臾千過死，
于時唱道却迴生。入此獄中同受苦，一論貴賤與公卿。汝向家中勲祭祀，
只得鄉閭孝順明。縱向墳中澆曆酒，不如抄寫一行經。目連哽噎啼如雨，
便卽迴頭諮獄主。頻道須是出家兒，力小那能救慈母！五服之中相容隱，
此卽古來賢聖語。惟願獄主放却孃，我身替孃長受苦。獄主爲人情性剛，
嗔心默默色着芒。弟子雖然爲獄主，斷決皆由平等王。阿孃有罪阿孃受，
阿師受罪阿師當。金牌士諫無揩洗，卒然無人輙改張。受罪只金時以至，
須將刑殿上刀槍。和尙欲得阿孃出，不如歸家燒寶幡。目連慈母語聲哀，
獄卒擎叉兩畔催。欲至獄前而欲到，便卽長悲好住來。青提夫人一個手，
托著獄門迴顧盼。言好住來罪身，一寸長腸嬌子。孃孃昔日行慳始，
不具來生業報恩。言作天堂沒地獄，廣煞猪羊祭鬼神。促悅其身眼下樂，
寧知冥路拷亡魂。如今既受泥犂苦，方知及悟悔自家身。悔時海然知何道，
覆水難收大俗云。何時出離波吒苦，豈敢承聖重作人。阿師如來佛弟子，
足解知之父母恩。忽若一朝登聖覺，莫望孃孃地獄受艱辛。目連既見孃孃別，
恨不將身而自滅。擧身自撲太山崩，七孔之中皆洒血。啓言孃孃且莫入，

迴頭更聽兒一言。母子之情天生也，乳哺之恩是自然。兒與孃孃今日別，
定知相見在何年？那堪聞此波吒苦，其心楚痛鎭懸懸。地獄不容相替代，
唯知號叫大稱寃。隔是不能相救濟，兒急隨孃孃身死獄門前。

目連卻以身代母受罪而不可得，眼睜睜的望着阿孃回到地獄裏去；他切骨傷心，舉身投地，七孔之中，皆流迸鮮血，暈絕死去，良久方甦。乃兩手按地起來，整頓衣裳，又騰空往世尊處而來。他告訴如來見的經過。如來聞言慘然，雙眉緊斂，說道：『汝母生前多造罪孽，非我自去救她不可。』於是如來領八部龍天，到了地獄。放光動地，救地獄苦。地獄全爲破壞。『餓丸化作摩尼寶，刀山化作琉璃地，銅汁變作功德水。』一切罪人，皆得生於天上。唯有目連阿孃卻因罪根深結，仍難免『地獄之酸，墮入餓鬼之道。』累日經年，受飢餓之苦『遠見淸源冷水，近着投作膿河；縱得美食香飡，便即化爲猛火。』目連也無法救她。便辭了她，到王舍城中次第乞飯。他得了飯食，回到母親那裏，『手捉金匙而自哺。』但靑提夫人到了這時，慳貪之念，猶未除去。見兒將得飯鉢來，復生慳惜，生怕別人搶了她的飯去。但『食來入口，變爲猛火。』目連痛哭不已。靑提夫人要喝水，目連到恆河取水。但夫人近口，便又成了

膿河猛火。目連搥胸痛哭，又到如來那裏去求救。如來道：

『目連，汝阿孃如今未得吃飯，无過周匝一年，七月十五日，廣造盂蘭盆，始得飯吃。』目連見阿孃飢，白世尊，『每月十三十四日可不否？要須待一年之中七月十五日始得飯吃？』世尊報言，『非促汝阿孃，當須此日，廣造盂蘭盆，諸山坐禪戒下日，羅漢得道日，提婆達多罪滅日，閻羅王歡喜日，一切餓鬼總得普同飽滿。』目連承佛明教，便向王舍城邊塔廟之前，轉讀大乘經典，廣罪盂蘭盆善根。阿娘猶此盆中始得一頓飽飯吃。

但目連母親，吃了飯以後，便又不見了。目連到處的尋找她，母子總不得相見。目連不得已，又到如來那裏去問。如來道：『她現在王舍城中變作黑狗。

目連諸處尋覓阿娘不見，悲泣兩淚，來向佛前，遶佛三匝却住，一面合掌𨄔跪，白言世尊：『阿孃吃飯成火，吃水成火。蒙世尊慈悲，救得阿娘火難之苦。從七月十五日得一頓飯吃已來，母子更不相見。爲當墮地獄？爲復向餓鬼之途』？世尊報言：『汝母急不墮地獄餓鬼之途。汝轉經功德，造盂蘭盆善根，汝母轉餓鬼之身，向王舍城中作黑狗身去。汝欲得見阿孃者，心行平等，次第乞食，莫問貧富。行至大富長者家門前，有一黑狗出來捉汝袈裟，銜着作人語，卽是汝阿孃也』。目連蒙佛勑，遂卽託鉢持盂尋覓阿孃，不問貧富坊巷，行衣迎合，總不見阿孃。行至一長者家門前，見一黑狗，身從宅裏出來，便捉目連袈裟，銜着卽作人語。語言：『阿孃孝順入忽是，能向地獄冥路之中，救阿孃來。卽日何不救狗身之苦』？目連啓言：『慈母由兒不孝順，殃及慈母墮落三塗，寧作狗身於此，你作餓鬼之途』。阿孃喚言：『孝順兒，受此狗身，音啞報，行住坐臥，得存飢卽於坑中食人不淨。渴飲長流，以濟虛朝。聞長者念三寶，莫聞娘子誦尊經。寧作狗身受大地不淨，口中不聞地獄之名』。目連引得阿娘，住於王舍城中佛塔之前，七日七夜，轉誦大乘經典，懺悔念戒，阿孃乘此功德，轉却狗身，退却狗皮，掛於樹上，還得女人身，全具人扶圓滿。目連啓言阿孃：『人身難得，中國難生，佛法難聞，善心難發』。喚言：『阿孃今得人身，便即修福』。目連將母於娑羅雙樹下，遶佛三匝，却住一面，白言世尊與弟子阿孃看業道已來，從頭觀占，更有何罪。世尊不違目連之語，從三業道觀看，更卒私之罪。目連見母罪滅，心甚歡喜，啓言：『阿孃歸去來！閻浮提世界，不堪停生付死。本來无住處，西方佛國，最爲精敢，得龍奉引』。其前忽得天女來迎接，一往仰前刀利天受快樂。最初說偈度俱輪。當時此經時，有八萬册册八萬僧八萬優婆塞八萬□作禮圍繞，歡喜信受，奉行。

這『變文』便終止於佛法的頌揚與歌讚聲中。

北平本大目犍連變文在如來自去阿鼻地獄救靑提夫人事以前，作第一卷。『卷第二』開始於：

『如來領龍神八部，前後圍繞，放光動地，救地獄之苦』。

其中文字，諸本各有不同；但差異處也不甚多。惟北平本第三種（成字九十六號）一卷，獨大異。茲附錄這一殘卷的全文於下，以資比勘。

上來所說序分竟，自下第二正宗者。

昔佛在日，摩竭國中有大長者，名拘離陁。其家巨富，財寶无論，於三寶有信重之心，向十善起精崇之志。宮中夫人號曰靖提，端正雖世上無雙，慳貪又欺誑佛法。生育一子，號曰目連，塵刦而深種善因，承事於恆沙諸佛。未見我佛在俗之時，家竭所有七珍，設案布施於一切。忽於一日，思往他方，家財分作於三亭，二分留與於慈母，內之一分，用充慈父之衣粮，更分資財，縈紊布施於四遠。囑付已畢，拜別而行。母生慳悋之心，不肯設䔧布施，到後目連父母壽盡，各取命終。父承善力而生天，母招慳報墮地獄。或值刀山劍樹，穿穴五藏而分離；或招爐炭灰河，燒炙碎塵於四體。或在餓鬼受苦，瘦損軀骸，百節火然，形容憔醉。喉咽別細如針鼻，飲嚥滴水而不容。腹藏則寬於太山，盛集三江而難滿。當爾之時，有何言語?

目連父母並凶亡，輪迴六道各分張。母招惡報墮地獄，父承善力上天堂。

思衣羅纈千重現，思食珍羞百味香；足躡庭臺七寶地，身倚幃𢥞白銀床。

寘問母受多般苦，穿剜燒爇不可量。鐵磑磑來身粉碎，鐵叉叉得血汪汪。

飢飡孟火傷喉腸，渴飲鎔銅損肝脹。錢財豈肯隨已益，不救三塗地獄殃。

目連葬送父母，安置丘墳，持服三周，追齋十忌。然後捨卻榮貴，投佛出家，精懃持誦修行，遂證阿羅漢果，三明自在，六用神進，能遊三千大千石壁，不能障得尋。卽晏座禪定，觀訪二親：父在忉利天宮，受諸快樂；卻觀慈母、不見去處蹤由。道眼他心。草知次第。

目連父母亡沒，殯送三周禮畢，遂卽投佛出家，得蒙如來賑恤。

頭上鬚髮自落，身裏袈裟化出。精修證大阿羅，六用神通第一。

目連出俗證阿羅，六通自在沒人過。身往虛空嗙日月，傍遊世界遍娑婆。

履水如地無搖動，入地如水現騰波。忽下山宮澄禪觀，威淩相貌其巍峨。

日連雖割親愛，捨俗出家，偏向二親，甚能孝道，尋思往乳哺，未有報答劬勞。先知父在天宮，先知父在天堂，未審母生何界。遂卽騰身天上，到於父前，借問孃孃，趣向甚處?

是時目連運神通，須臾鄭騰鄭到天宮。足下外欄琉璃地，金錫令敲門首鍾。
父聞從內走出戶，下基祗接禮虔恭。臺頭合掌問和尚：本從何來到此中？
目連道，「貧道生自下界，長自閻浮。母是靖提夫人，父名构離長者。貧道少生，名字號曰羅卜。父母亚遭衰喪，我自投佛出家。果證羅漢，功就神通，道眼他心，隨無障得。見父生於天上，封受自然，未知母在何方，受諸快樂。故來騰身到此。而問因由，願父莫惜情懷，說母所生之處。」
長者聞言情愴悲，始知和尚是親兒。互訴寒溫相借問，不覺號咷淚雙垂。
報言我子能出俗，斯知心願不思議。爲僧能消萬劫苦，在俗惡業墮阿鼻。
汝母生存多慳詐，受之業報亦如斯。常在冥間受苦痛，大難得逢出離期。
爾時其父長者，聞說情懷，踟跪尊前，迴答所以。我昔在於世上，信佛敬僧，受持五戒八齋，得生天上。汝母在生慳詐，欺妄三尊，不能捨施濟貧，現墮阿鼻地獄。夫妻雖然恩愛，各修行業不同。天地路殊，久隔互不相見。雖則日夜思憶，无力救他。願尊起大慈悲，速往冥間尋問」。目連聞此，哽噎悲哀，自樸渾搥，口稱禍苦。當即辭於天界，速往下方，趣入冥間，訪覓慈母。
目連聞此哭哀哀，渾搥自樸不可裁。父子相接皆號叫，應見諸天淚濕顋。
父雖備設天廚供，聖者不飡唱苦哉。當卽返身辭上界，速就冥間救母來。
聖者來於幽逕，行至柰河邊，見八九個男子女人，逍遙取性无事。其人遙見尊者，禮拜於謁再三。和尚就近其前，便卽問其所以。
善男善女是何人？共行幽逕沒災逷。閑閑夏泰禮貧道，欲說當本修佢因。

諸人見和尙問着，共白情懷，啟言和尙。
同姓同名有千萬，煞鬼交錯枉追來，勘點已經三五日，无事得放却歸迴。
早被妻兒送墳塚，獨臥荒郊孤土搥。四邊爲是无親眷，狠鴉□□□□□。（下闕）

這一卷較巴黎、倫敦及其他諸本文字均整飭得多，似是經過文人學士的修改的一個本子。可惜殘闕太多，不能够得其全般的面目。

七

醜女緣起（巴黎、國家圖書館藏，P. 3248）爲佛的故事之一。寫的是釋迦佛在世之日，度脫醜女一事。

有一善女，生世之時，也曾供養羅漢。雖有布施之緣，『心裏便生輕賤。』她身死之後，投生於波斯匿王宮裏，纔生三日，便醜陋異常。波斯匿王見之，大爲驚駭道：

只首思量也大奇，朕今王種起如斯！醜陋世間人惣有，未見今朝惡相儀。穿崇臙蹹如龜鱉，渾身又似野豬皮，饒你丹青心裏巧，彩色千般畫不成。宮人見則皆驚怕，獸頭渾是可憎兒！國內計應無比並，長大將身娉阿誰？

大王自覺羞恥，吩咐宮人不得傳言於外。便遣送深宮留養，不令相見。這醜女是『醜陋世間希！』

> 黑靰皮，雙腳跟頭皴又僻。騣如驢尾一枝了，看人左右和身轉。舉步何曾會禮儀，十指纖纖如露柱，一雙眼子似木槌。……公主全無窈窕，差事非常不小。上脣半斤有餘，鼻孔筒渾小。生來未有喜歡，見說三年一㗗。覓他行步風流，卻是趙土襪樹。

波斯匿王深爲憂慮，恐她長大了，沒人肯娶她。她在深宮裏，一步也不令外出。日來月往，她年齡漸漸的長大了。夫人也日夜憂愁，恐大王不肯『發遣』她。有一天，夫人乘閒奏大王道：『金光醜女年成長，爭忍令受不事人！』大王聞奏，良久沈吟不語。夫人又曰：『所生三女，雖然娟醜不同，總是大王親骨肉。十指雖然長與短，個個從頭誠咬看。』大王答道：『並非不令她嫁人，只是容貌醜差，說來尚尤心裏怕，如何囑嫁向他門。』夫人道：『大王若無意發遣，妾也不敢再言。如有心令遣事人，妾今有一計在此。』她便獻了一計，說可私令宰相，尋一薄落兒郎，給以官職，令其成爲夫婦。大王允之。急詔一臣，交作良媒。只要事成，『陪些房臥不爭論。』大臣受勑，便卽私行坊市，巡歷諸州。後遇一貧生，肯來娶她。便與他同見大王。大王卽令醜女出見。雖然珠翠滿頭，衣衫錦繡，卻看來仍極怕人。那少年一見，爲之號倒在地。宮人扶起，連忙以水灑面，衆人勸慰了他許久時候。這少年只好娶了她在家。卻無法推得這精怪出門。但因妻貌不揚，不能出外與大臣貴戚往返，心裏悶悶不樂。其妻再三盤問，少年乃以實告。

娘子被王郎道着醜兒，不兌雨淚羞耻，怨恨此身，種何曰莫今生減得如斯！公主纔聞淚數行，聲中哽咽轉悲傷。怨恨前生何罪業，今生醜陋異子尋常！再三自家嗟歎了，無計豙罪粧毫。心中億佛乞苗加護，懊惱今生兒不強。緊盤雲鬢罪紅粧，豈料我無端正相！置令暗裏苦高量，烟脂合子捻抛却，釵朶瓏璁調一傍。兩淚焚香思法會，遙告靈山大法王。於是娥媚不掃，雲鬢罷梳，遙靈山便告世尊。珠淚連連怨復差，一種爲人面兒差。玉葉木生端正相，金騰結朵野田花。見說牟尼長丈六，八十隨形號釋迦。唯願世尊加被我，三十二相與紫紫。

她遙求如來，與以更容變貌的方便。世尊便已遙知金剛醜女焚香發願，遂於醜女居處，從地踊出。醜女禮拜世尊，極訴其苦悶。

自嘆前生惡業，因置令醜陋不如人。毀謗聖賢多造罪，敢昭容兒似煙董。生身父母多嫌棄，姊妹朝朝一似嗔。夫主入來無喜色，親羅未看見慇懃。時時懊惱流雙淚，往往杳嗟怨此身。聞道靈出三界主，所以焚香告世尊。

如來果如所願，立地將她的容貌改易了。

伍頭禮拜心轉志，容顏頓改舊時容，百醜變作千般媚。醜女既得世尊加被，換却舊時醜質，敢得兒若春花。夫主入來不識。公主輕盈世不過，還同越女及姮娥。紅花臉似輊輊圻，玉質如棉白雪和。比來醜陋前生種，今日端嚴遇釋迦。夫主人來全不識，却覓前頭醜阿婆。妻云道：識我否？夫云：不識。我是你妻。夫主云：龣人！娘子比來是獸頭，交我人前滿面羞。今日因何端正相？請君與我說來由。妻語夫曰：自居前時，憂我身醜陋，羞見他朝官。妾懊惱再三，遂乃焚香禱祝靈山尊。蒙佛慈悲，便回加佑，換却醜陋之形。軀變作端嚴之相好。公主自道：我今天生皃不強，深慙日夜尋王郎。遙相釋家三界主，不舍慈悲降此方。便禮拜，更添香，不覺形容頓改張。我得今朝端正相，感附靈山大法王。王郎見妻端正，指手喜歡道：數聲可曾巜走入內，裏奏上大王。王郎指手歡喜走報大王宮裏。丈人丈母不知，今日渾成差事。少娘子如今變也，不是舊時精魅。欲識公主此是容，一似佛前菩薩子。大王聞說喜盈懷，火急忙然覓女來。夫人隊丈離宮內，大王御輦到長街。纔見女，喜徘徊，灼灼桃花滿面開。大王夫人歡喜曬，四慈持地送資財。公主因佛端正，事須慚謝大聖。明朝速往祈園，禮拜志恭敬。

因了醜女的突變，大王們便去拜佛致謝，並求問因果：

於是槍旗耀日，皂毒縣隱暎，百遼從駕，千官咸命，同赴祇園，謝主公號端正。下御輦，禮金人，更將珍寶獻慈尊。我女前生何罪過，一墺醜陋卒難陳！頗為如來親加祓，還同枯木再生春。唯願如來慈念力，為說前生修底因。佛告波斯匿王言：此女前生發言曾輕慢聖賢，感得此生，形容醜陋。世尊又道：此女前生供養辟支佛，為道面醜，供養因緣，生於國家為女，發惡言之事，感得面皃不強。佛勸諸人布施，直須喜歡。前生為謗辟支迦，感得形容皃不羞。為緣不識阿羅漢，百般嗤効苦兮竹吧將為惡言發便了，他家業報更差。得見牟尼身懺悔，當時却似一團花。只為前生發惡言，今枆杲報不然虛。誹謗阿羅嘆杲業，致令人自不周旋，兩脚出來如露主，壹雙可膊似鹿椽。纔禮世尊三五拜，當時白淨軟如綿。上來所說醜變……（下闕）

這一卷醜女緣起雖殘闕一部分，但故事已畢，所闕的並不怎麼重要。

還有一卷有相夫人升天變文（題擬）見敦煌零拾，（佛曲三種之一）爲上虞羅氏所藏，殘闕極多，但其雋美，卻遠在醜女變之上。有相變文（陳寅恪先生題作有相夫人升天曲）寫的是，有相夫人爲其夫所寵愛，生活如意，諸事滿足。但有一天，忽知自己的生命已盡，沒有幾天在世可活。便憂愁不已。舉宮惶惶，不知所措。她去見她父母。也無計可留。這裏寫她對於人世間生活的留戀，極爲可喜。但後來，她父母命她求救於一女仙。那女仙卻指示她以天上的快樂，解脫她對於現實生活的戀念。她回宮後，便若換了一個人，心裏脫然無累，毫不以『死』爲懼了。這一卷變文，雖是宣傳佛道，卻令我們得到了一卷最輕倩可愛的抒情詩似的絕妙好辭。我們所最注意的，並不是後半的佛道的宣傳，卻是前半的有相夫人對於『生』的留戀。讀了這，大似讀希臘悲別 Antigone 和 Ajax 二篇，那二篇寫 Antigone 和 Ajax 二人在臨死之前，對於『生』的留戀，也是異常的撼動人心。

在『變文』裏，像這樣漂亮的成就是很少有的。爲了敦煌零拾比較易得，這裏便不再引本文了。

八

非佛教故事的變文，今所見的也不少。爲什麼在僧寮裏會講唱非佛教的故事呢？大約當時宣傳佛教的東西，已爲聽衆所厭倦。開講的僧侶們爲了增進聽衆的歡喜，爲了要推陳出新，改變羣衆的視聽，便開始採取民間所喜愛的故事來講唱。大約，這作風的更變曾得了很大的成功。像上文所引的僧、文淑的故事，他便是一個大膽的把講唱的範圍，從佛教的故事廓大到非佛教的人間的故事的。當時聽衆的如何熱烈的歡迎，如何讚嘆表示的滿意，我們可於趙璘、因話錄那段記載裏想像得之。

但後來也因爲僧侶們愈說愈野，離開宗教的勸誘的目的太遠，便招來了一般士大夫乃至執政者們的妒視。到了宋代（眞宗）變文的講唱，便在一道禁令之下被根本的撲滅了。然而廟宇裏講唱變文之風雖熄，『變文』卻在『瓦子』裏以其他的種種方式重甦了；且產生了許多更爲歧異的偉大的新文體出來。

今所見的非佛教的變文，可分爲兩類。一類是講唱歷史的或傳說的故事的；一類是講唱當代的有關西陲的『今聞』的。爲什麼會雜有當代的，特別是西陲的『今聞』呢？這恐怕是適應於西陲的需要。一部分留在西陲的僧侶們特別爲此目的而寫作的吧。

先講第一類歷史的或傳說的變文。

在這一類裏，伍子胥變文（題擬）似最爲流行。倫敦、不列顛博物院藏有殘文一卷（目作列國傳），巴黎、國家圖書館也藏有殘文二卷（P. 2794 及 P. 3213）。是我們所見共有三卷了。但把這三卷拼合起來，仍不能成爲完整的一部。爲了別字和脫漏的過多，讀起來也頗不易。但這部變文的氣魄卻甚爲弘偉。大似季布罵陣詞文，雖充滿了粗野，卻自有其不可掩沒的精光在着。

伍子胥故事，見於史記諸書者，已足令人酸辛。後人卻更將苦難的英雄的一生烘染得更爲悽楚。元雜劇有伍員吹簫，明、邱濬有舉鼎記，都是寫伍員故事的。梁辰魚的浣紗記傳奇也寫到伍員事。明刊本列國志傳寫伍員事也極爲活躍。（明末本新列國志與清刊本東周列國志，已把這段活躍的故事刪除了一大部分。）今皮黃戲裏，尚有『伍子胥過昭關』（文昭關）一本，爲最流行的戲之一。

但把伍子胥的故事作爲民間文學裏的題材者，據今所知的，當以這一卷伍子胥變文爲祖禰。伍子胥變文以倫敦爲最完整；巴黎本二卷，均殘闕極甚。P. 2794 號一卷爲倫敦本中間的一段，我們可以不必注意。但 P. 3213 號的一卷，卻爲倫敦本所無，恰足補在倫敦本的前面。（但還不能銜接）大約今所有者，約已十得其八。所闕的並不甚多。

楚王無道，強奪其子媳爲妻，伍子胥父伍奢諫之，不聽，反殺之，並殺其子伍尙。子胥乃亡命在外，欲報父仇。但楚地關禁甚嚴，子胥不易逃脫。他在逃亡裏遇見浣紗女及漁父，他們都幫助着他。但都犧牲生命來替他隱瞞着。這些都還是史書裏所有的。『變文』裏所創造的故事，乃是子胥見姊及子胥二甥的追舅。這一段故事，寫得頗爲離奇可怪；把伍子胥竟變成一個『術士』了。

子胥哭已，更復前行。風塵慘面，蓬塵映天，精神暴亂，忽至深川。水泉無底，岸闊無邊，登山入谷，遶澗尋源，龍蛇塞路，拔劍盪前，虎狼滿道，遂即張弦。餓乃蘆中餐草，渴飮巖下流泉。丈夫讎爲發憤，將死由如睡眠。川中忽遇一家，遂即叩門乞食。有一婦人出應。遠蔭弟聲，遙知是弟子胥，切語相思，慰問子胥。減口不言，知弟渴乏多時，遂取葫蘆盛飯，并將苦苣爲虀。子胥賢士，逆知問姊之情，審細思量，解而言曰：『葫蘆盛飯者，內苦外甘也。苦苣爲虀者，以苦和苦也。義含遣我速去速去，不可久停！』便卽辭去。姊問弟曰：『今乃進發，欲投何處？』子胥『答曰：欲投越國。父兄被殺，不可不讎。阿姊抱得弟頭，哽咽聲嘶，不敢大哭，嘆